JN122529

転生シートン動物記

狼王ロボ

蒼空 チョコ

角川春樹事務所

本書はハルキ文庫の書き下ろし作品です。

目次

物語は、作者によって作られる。だが多くの読者に読み継がれていくことで、いつしか、名作と呼ばれる物語には、作者の思い以上の願望が籠《こ》められるのではないだろうか。そしてその思いが、新たなる結末を求めたとしたら——。

プロローグ

満月が黄金色《こがねいろ》の光を降り注ぐ明るい夜。
切り立った卓状台地に立ち、空に鼻《マズル》を伸ばすならこれ以上に映《は》える日はないだろう。
なにをしているかといえば、仲間の到来を待っている。
獣にとって群れを構成する親兄弟も大切だが、今回待っているのは別の存在だ。
それは、ただ吹き抜ける風である。
長い口ひげを揺らす風がついにやってきた。私はそれをひと嗅《か》ぎする。
「まるで世界を俯瞰《ふかん》するようだ。彼らにはこれほどの世界が感じ取れていたんだな」
硬く、丈の短い草とサボテンが生《は》える一面の荒野。
そこには人っ子一人いないし、動物もいない。
だがこの鼻なら一・五キロ離れた獲物《えもの》すら嗅ぎ分けられる。
しかし、そろそろ鼻がちりちりとしてきた。

荒野の夜はかなり冷えるし、なにより酷《ひど》く乾燥している。土っぽい空気をこれ以上嗅ぎ続けたところで大したものは得られないだろう。

アメリカ南西部、ニューメキシコ州カランポー高原。

この地には名の知れた狼《おおかみ》がいる。

過去形ではない。今現在の話だ。

彼は銃を向ければ距離を取り、罠《わな》をしかければ避けて歩き、毒餌《どくえ》を放れば糞《ふん》を載せて返すほどの知恵を持ち、牛を引き倒すほどの体格にも恵まれた狼だ。

ゆえに偉大なる〝狼王〟ロボ。

あるいは人狼や悪魔とまで称される伝説的な狼である。

けれど、私は思う。

人が彼を悪魔と呼ぶなんて冗談《じょうだん》のような話だ。

かつてこの草原には一面を黒く染めるほどアメリカバイソンがいて、狼や先住民の大切な糧《かて》となっていた。

あとから来た白人は先住民の力を奪うため、競って野牛を殺し続けた。

そうして彼らの土地と獲物を奪い、食うに困った狼が家畜を襲えば害獣と呼んで駆除にかかる。

とてもではないが、清廉潔白《せいれんけっぱく》とは言えない。

「非は人にあると神も仰《おお》せなんだろう」

私は毛皮が覆う我が身に視線を落とす。

『狼王ロボ』はアーネスト・トンプソン・シートンにとって人生の契機だった。

動物を愛し、若いときから彼らの生態《せいたい》を描き続けてきたが、画家としては大成しなかった一人の男。

そんな私はある日、牧場を荒らす狼を捕らえてほしいとの依頼を受け、三ヶ月の奮闘の末、ロボとそのつがいだったブランカを捕まえて死なせてしまった。

それがベストな選択だったとは思えない。

この広いアメリカで彼らの存在がどこにも許されないなんてありえない話だ。

贖罪《しょくざい》の気持ちもあって『狼王ロボ』を執筆し、発表した。それが話題となり、シートンの名は全米に知れ渡った。そうして数々の動物を『動物記』として描き、自然の大切さを世界中に説《と》いてきたのが私の人生だった。

――だが、不十分だったのだろう。

私は今、何度死んでもあの契機に戻ってしまう上、ふとした拍子《ひょうし》に人狼となる呪《のろ》いを受けている。

これが天罰《てんばつ》というなら、贖罪に何をすべきかは明白だ。

奇《く》しくも私はロボを捕獲する当時にもその答えを知っていたはずだった。

この土地に来る一年前、一介の画家としてパリの画壇《がだん》で発表した絵がある。

そのタイトルは『狼の勝利』。

私という人狼が狼に勝利を飾らせるまで、この繰り返しの人生は終わらないのだと考えている。

一章　繰り返しのはじまり

八十六歳ともなれば、体の至るところに問題を抱えるものだ。

しかし、大きな病気もなく老衰《ろうすい》で息を引き取ることができたのは幸せなことだっただろう。

アーネスト・トンプソン・シートンは、ロボと出会ったカランポー高原から南西へ約三百キロのサンタフェという地を終《つい》の住まいとし、人生の幕を閉じたはずだった。

――しかし、また目覚《めざ》める。

「……ここ、は？　ジュリア。どこかにいるか？」

シートンはベッドから身を起こす。

見覚えのない部屋だ。

サンタフェの自宅とも違うし、七十五歳のときに再婚した妻の姿もない。

「どこかの客間か？」

状況がさっぱりだ。

ここに至るまでの記憶がまったくない。

意識がないうちに搬送された病院にしてはどうも民家じみているし、なにより体調がいい。

「節々も痛まないし、体が軽い。喉《のど》の調子までいい？」

嗄《か》れた声だったはずが、妙に通る。

朝、強めのコーヒーでも飲んだように思考もすっきりと冴《さ》えわたるようだ。

今はちょうど夜明けの頃《ころ》らしい。

部屋を見回すためにもカーテンを開け、朝日を取り入れる。眩《まぶ》しい。手を翳《かざ》す。

「？」

光に照らされた手を前に、シートンは目を見張った。

「皺《しわ》も古傷もない……」

骨と皮になりつつあったはずが、記憶の姿とは似ても似つかない。

ここまでくると自分がどのような状態かも察しがついてくる。

部屋に備えつけの鏡をのぞき込めば、それは確信に変わった。

「若返っているのか、私は……!?」

映し出されるのは三十そこそこの自分だ。

頬《ほお》をつねると痛みがある。これは夢ではない。

我が身に触れて現実であることを確かめ続けていたシートンは、机に一冊の日誌があることに気づいた。

「そ、そうか。これを読めば今がいつで、なにが起きているのかもわかる!」

若い頃のこと。とある博物学者に日誌をつけることを強く勧《すす》められ、死ぬ間際《まぎわ》までずっと習慣づけていたのだ。

自分の人生ならばこれがない方がおかしい。

その記録は本を記すときにも幾度となく見返してきた。

特に『動物記』のために見返した日誌は記憶に色濃く残っている。

「この表紙、この文字。全《すべ》て間違いない。ロボと会ったときの日誌だ」

最後の日付は一八九三年十月二十二日。

いわゆるアメリカ西部開拓時代末期と言うべき年代だ。

これは当時三十三歳のシートンがロボの捕獲《ほかく》を頼まれ、ニューメキシコ州の牧場に足を踏み入れる前日の日付である。

読むほどに記憶はふつふつとよみがえっていく。

「そう。カナダから五日間も列車に揺られ、牧場に近いクレイトンという街に泊まっていたんだった」

日誌には日付だけではなく、天気や時刻まで書くことがしばしばあった。

そのおかげで物語を書いたときも講演で話したときも、情景を目の前にしているかのように思い起こしてこられたのだから間違いない。

ここは記憶と同じ宿だ。

今日この日、過去の自分は牧場の人間と待ち合わせをして、ロボがいるカランポー高原へと向かった。

「未来のことは全て夢だったのか?」

予知夢という言葉が頭をよぎる。

「まさか!　それこそありえない……」

シートンはこれから郵便局で待ち合わせをする予定だ。

そこに来る牧場から迎えの名前まではっきりと思い浮かぶ。そのあとの人生だってありありと浮かんだ。

これほどまで鮮明な記憶を残す夢など、聞いたこともない。

「ならば人生を終えたことが真実で、今の状況こそ幻《まぼろし》ではないのか？」

ふと、そんな思いが過ぎる。

例えば走馬灯だ。

死ぬ間際の人は思い出がフラッシュバックするそうだが、老衰ならばもっと濃厚な幻覚が続いてもおかしくない。

シートンは震えた。

けれども想像に反して世界はいつまでも平穏だ。

窓から見える風景も、なに一つ変わらない日常を続けている。この世界には綻《ほころ》びなんて一つも見当たらない。

「人が死後にどうなるかなんて誰《だれ》も知らないんだ。人生がどこかから繰り返されたっておかしくないのか？」

一度目の人生では世界を渡り歩き、多くの人に出会った。

数多《あまた》の国の人間と話したし、先住民から大統領まで友人を作り、様々なことを学んだものだ。

だが、どんな成功者も、どんな失敗者も、人生を繰り返しているなんて言った人はいなかった。

「下手《へた》に考えるのはもうよそう。答えなんて出るはずもない」

シートンは息を吐く。

しかし、あの日々を思い返すと、懐《なつ》かしい。

そんな日々をまた体験できるというなら願ってもない。

「では、私はこれからどうすべきだ？」

ふむとひげを揉《も》んで考える。

自分の人生なのだからなにをするも自由――そのはずだが、部屋から出て好きにするという選択肢《せんたくし》はない。

なにせ出入り口には荷物が置かれている。

本来の時系列の自分が忘れて行くなと置いたものだ。

そこにある猟銃《りょうじゅう》こそが、この遠征の目的を表している。

「ロボの捕獲を依頼されたとき、滞在費まで握らされたんだ。放り出すことはできないな」

それはここに来る以前のこと。

アメリカに牧場を持つ裕福な知人がおり、賢い狼《おおかみ》に襲われているから助けてくれとせがまれたのだ。

この場にいるのはその依頼を受けたからである。

「……ロボ、か。そうだ。私はもう一度、彼に会いたい」

シートンには、はっきり言えることがある。

それはロボとの出会いが人生を大きく変えたということだ。

幼少のときから動物が好きで、その姿や生態《せいたい》を絵としてよく残していた。それが高じ、留学までして絵を学んだのだが大成することはなかった。

そんなときに依頼されたのがロボの捕獲だ。

カランポー高原で目にした狼の生き様を雑誌に投稿《とうこう》したところ、世界中で大反響があって生活が一変した。

身に余るほど恵まれた人生だったと断言できる。

だが、心残りもあった。

「元から賞金がかかっていた狼だ。あのときはああするしかなかった。……ただ、私が老《お》いた頃にはハイイロオオカミが絶滅しかけていた」

思い返すだけでも胸が痛む。

だからこそ考えたことがあった。

「ロボとブランカを殺さず、先住民のように住み分ける話を伝えていたら未来は変わっていたんじゃないか？」

狼にも情がある。

賢い狼王もそれが原因で罠《わな》にはまった。彼は人に与えられたものには口をつけず、誇り高く死んだ。

——ああ、なんて泣かせる話なんだ！

世界中で反響があっても得られたのはそんな感想だけ。

人は人にとって気持ちのいい物語を消費するだけ消費して、主人公であるハイイロオオカミを慮《おもんぱか》ることなどなかった。

結果、ロボの血縁どころか、ハイイロオオカミ全体が死に追いやられてしまった。

「彼らの姿を伝えることで一財を築いた。だからこそ、彼らのためになにかを為《な》すべきだったのに……」

気づいたときにはもう手の施《ほどこ》しようがなくなっていた問題だ。

そんな忸怩《じくじ》たる思いを抱えていたシートンはふと気づく。

「……そうか。今この瞬間ならどうだ」

今ならまだ、ロボとブランカは生きている。

今はまだ、『狼王ロボ』の話を世界は知らない。

ならばまだ彼らを救う可能性を模索できるのではないだろうか？

そんな光明が見えた途端《とたん》、彼の胸はうずうずしはじめる。

「そうか。そうなのだ！　これは幸運だ。むしろ過去をやり直させてくれる奇跡では⁉　きっとそうに違いない！」

母は敬虔《けいけん》なキリスト教信者だったが、これは本当に神を信じたくなる。

善は急げだ。

ブーツを履《は》き、首にネッカチーフを巻き、カウボーイハットを被《かぶ》る。シートンは心を躍《おど》らせて身支度《みじたく》を整えると宿を出た。

さわやかな朝の陽《ひ》ざしで目が眩《くら》んだ。

薄目を開けると徐々に懐かしい光景が飛び込んでくる。

「そうだった。当時はこんな様子だったな」

この光景を表す言葉は『西部劇』以外にない。

剝《む》き出しの地面は酷《ひど》く乾燥して土煙を立てており、木造の建築物が立ち並ぶ。

工業的なものはごく一部でガソリンを使った自動車なんてまだない。

都市を結ぶ交通機関は蒸気機関車で、生活の足は馬車。ノスタルジーを感じさせる幌《ほろ》馬車も現役だ。

食事はチリコンカンをはじめとした豆料理や芋《いも》料理、あとはスープにつけなければ食べにくいほど硬いコーンブレッドが代表的なメニューとなっている。

冷蔵庫ももちろんないので各家庭には塩漬けの肉やピクルスが欠《か》かせない。

パーコレーターで淹《い》れたコーヒーも名物だ。

カウボーイは『蹄鉄《ていてつ》が浮くくらいのものを！』を合言葉に、浅煎《あさい》りで濃いコーヒーを日に何度も飲む。

劇中のような世界が目の前に広がっていた。

「ビリー・ザ・キッドが少し離れた町で名を上げたのも、つい十五年前。ジェロニモが身を投じたアパッチ戦争も、ほんの五年ほど前遠くない地域で起こっていたんだったな」

アメリカ政府主導の政策で先住民の土地と文化の略取が多発し、争いが起きた時代だ。

典型的な西部劇と違う点があるとしたら、ガンマンの撃ち合いによる死亡事件はごくまれということくらいだろう。

自警団は各地で組織されているが、そこまで絶望的な治安というわけではない。

「目指すはクラパム郵便局。何度も語り聞かせたのだから、日誌を読み返すまでもないな。買い足《た》すべきは上等なクッション と……食材だ」

子供の頃に住んでいた思い出の地にまた来たような感覚だ。

それも一つたりとも記憶に違《たが》わないのだから迷いはしない。

商店を回ってから件《くだん》の郵便局に向かうと、そこには四輪馬車と一人のカウボーイが待っていた。

ひげ面《づら》で大柄《おおがら》な中年だ。

名前は確か――。

「ジム・ベンダーさん。しばらくご厄介《やっかい》になります」

「おやっ。牧場の親方が用で出かけたから代わりに俺《おれ》が来たっていうのに、よくご存じで」

事前に伝える名前なんて現場の管理人くらいなものだ。

言い当てられたジムは目を丸くして驚く。

シートンが抱える紙袋を見ると、彼はさらにうなった。

「いやぁ、準備がいい。実はですね、ちょうど牧場のコックがやめちまって、食事の準備は持ち回りでしているところでして。いざ番が来たらあれがない、これがないとよく困り果《は》てているんです」

「となると味気ない食事は簡単に済ませて、豆などをつまみに晩酌《ばんしゃく》をするしかなくなってしまいますね」

「ええ。しかしそれもよくない。ジム、お前のそれは晩酌じゃない、ネズミの餌《えさ》やりだと仲間にからかわれることもありましてね。シートンさんもベッドでの晩酌はほどほどにした方がいいですよ」

つまみをそれほどベッドにこぼすこともある。まさにこのジムの人となりを表す話だ。

「ささっ、日が暮れる前に向かっちまいましょう」

これから向かう牧場は舗装《ほそう》もない道をひたすら進んだ先にある。

ジムが口にした苦労も、移動で尻《しり》が痛くなったことも、人に何度語ってきたことか。二度目の人生ならば、それらに対策を施さない手はない。

シートンは御者席に分厚いクッションを敷き、カウボーイらしく手綱《たづな》を握るジムのとなりに座る。

ほとほと感心した彼からの視線に軽い優越感を覚えながら、シートンは移動中の景色に目を移した。

西部劇の舞台は夏のわずかな期間以外は乾燥しているので殺風景だ。

しかし、こんな場所にだって多くの野生生物がいる。

「岩肌なんかを見つめてどうしたんです？」

「ハシリトカゲを見ているんだ」

「トカゲ？　どこにでもいるものなのに？」

「そう。ニューメキシコハシリトカゲ。絶滅する恐れもないトカゲだが、あれでなかなか面白くてね」

大体二十センチ前後のトカゲだ。

エリマキトカゲのように奇抜な外見なわけでも、バジリスクのように水面を走って逃げるわけでもない。

単なる外見のみなら本当にどこにでもいるトカゲと言いたくなる。

ジムが興味を示さないのも無理はなかった。

「あのトカゲはね、よく知らないとその面白さがわからないんだ」

「と言いますと？」

「まず彼ら——いいや。彼女らはメスだけしかいないんだ」

「いやいや、それだと子孫を作れないでしょうに」

「そうでもないんだよ」

からかっているとでも思ったのか、ジムは肩を竦《すく》める。

こんな人間に動物の驚くべき生態を教えるとどんな顔をするだろう？

人前で話す者にとってはこれを観察することこそ醍醐味《だいごみ》の一つだ。

「単為生殖と言ってね、彼女らはメス同士の交尾をきっかけに卵を産み、精子がなくても、見事に子も孵《かえ》る。それもあって『レズビアン・リザード』なんて通称がついているんだ」

「にわかには信じがたいですが……」

「嘘《うそ》だと思うならジムさんもじっくり観察してみるといい。周りにはいくらでもいるんだからね」

「遠路はるばるやってきたっていうのにここの生き物についても博識ですね。オーナーがわざわざロボの捕獲を頼むわけです」

「いやいや私は――」

訂正《ていせい》をしようとしてシートンは思いとどまった。

終の住まいをこの地域にしていたので、実際は十六年も住んでいた。

けれどもこれは二度目の人生だなんてどうやったら説明できるだろう？

初対面でそんなことをやらかすなど愚《ぐ》の骨頂だ。

「どうしたんです？」

「なんでもない。偶然知っていただけだよ」

笑ってごまかし、風景に視線を移す。

夏には熱くなった体を腹這《はらば》いになって冷ます地上性のリスが見られる。たとえばプレーリードッグ、ジリスと言われるずんぐりした穴倉住まいのリスたちだ。

ほかにはロードランナー（オオミチバシリ）という鳥もよく知られている。彼らは砂漠地帯に生息する地上性の鳥で、いざとなれば時速32㎞以上ものスピードを出して走るのが名前の由来だ。彼らがガラガラヘビと格闘して食べてしまう様には手に汗握ることだろう。

植生が豊かな地域なら、一九二六年に発表されたA・A・ミルンの児童小説『クマのプー』の元になったアメリカグマや、一九〇二年に出版されたビアトリクス・ポターの児童書に登場する主役キャラクター・ピーターラビットの元になったワタオウサギなどもいる。

牧場までの長い道のりでは、この地にいる素晴らしい動物について語り尽くした。

「私が育った自然豊かなカナダとは全く違う環境だが、ここも別の形でたくさんの動物たちを見ることができる。やはり、この土地はなんて――」

「なんて煩《わずら》わしいんでしょうなぁ、こんなにたくさんの害獣がいて。ロボどころか、害獣をみんな退治してくれることを期待していますよ。シートンさん」

正反対の意見だった。

シートンは少年のようにわくわくした気持ちでいたというのに、話を聞いていたジムは眉間《みけん》にしわを寄せている。

彼はため息を吐《つ》いてシートンを見ると気安く笑いかけてきた。

その瞬間、思い出す。

この時代の、動物に対する空気感を。

「ジムさん、どうしてそこまで――」

「ははは、シートンさんこそ何を言っているんです？　カナダはどうか知りませんが、こっちじゃみんなこうですよ」

半《なか》ば呆《あき》れた顔を見せてくる。

壊れた機械を直すように背中をどんどんと雑に叩《たた》かれ、シートンの胸中にはなんとも言いがたいものが生まれた。

「いいですかい？　じい様たちの年代はまさにゴールドラッシュ！　西のカリフォルニアに金が見つかった。そしたら人が増えて肉が足りないからと、この辺りの野生牛に需要ができて、カウボーイが遠路はるばる売りに行って稼《かせ》いだんだ」

カウボーイであるジムは先ほどまでのシートンのように興奮して語る。

このアメリカを語るなら誰もが思い浮かべる時代だろう。

「え、ええ。それこそ本来のカウボーイの仕事だったとか」

「そうです。元はというとスペイン人の探検家が連れてきたテキサス・ロングホーンという牛が野生化して増えたものなんで、元手はゼロ。二千五百頭ほどかき集め、十二人前後のカウボーイと料理人の幌馬車が二千キロ先の目的地まで連れていきました。すると、ここではほぼ無価値の牛が百ドルに化《ば》けたこともあったそうで」

シートンはロボの捕獲を依頼された際、牧場のオーナーから八十ドルを渡された。

では、この時代の月給がどうかといえば六十ドル前後だ。

シートンが握らされた額も相当だが、かつてのカウボーイの冒険もやればやるだけ儲《もう》かる錬金術のような話だったのがよくわかる。

ジムは幼い頃に聞かされたお伽噺《とぎばなし》をそのまま語っているかのようだ。

「では、親父の代ではどうでしょう！　東での南北戦争や都会での需要《じゅよう》があってこれまた牛が高く売れたんです。しかし今は……」

「当時ほど好景気ではない」

「その通り。野生牛はもう減りましたし、大陸横断鉄道ができて出荷も列車任せです。カウボーイはビリー・ザ・キッド辺りを最後に牧羊犬扱いだ。だからこそ、大して稼げないのに害獣に困らされるなんてとんでもない！」

ジムはがっくりと肩を落とした。

こうした前世代との格差で鬱憤《うっぷん》を溜《た》めている開拓者は少なくない。

彼はその矛先《ほこさき》を動物に向けるように指を立てて主張する。

「シートンさん、いいですか？　やつらは悪党なんです。なにせあのビリー・ザ・キッドですら賞金五百ドルだってのに、ロボは賞金千ドルなんですよ。こりゃあ、とんでもない札付きでしょう！」

「だ、だが、ここは元々彼らの土地だ」

「動物が地主なんて面白いことを言いますね」

話は嚙《か》み合っていない。

ならばとシートンはこの時代に大きな被害を受けた動物の話を持ち出す。

「空を埋《う》め尽《つ》くすほどにいたリョコウバトがもうほとんど見られないという話はジムさんも聞くでしょう。野生牛やアメリカバイソンといい、人が分別なくやり過ぎた結果とは思わないんですか？」

動物を列車から撃つなど、死体を野ざらしにする行為も横行したという。狩りとすら呼べないものは流石《さすが》に反省《はんせい》の余地がある。

そんな話になると思いきや、ジムは肩を竦めるのみだった。

「思いませんね。あとのことはあとの世代が考えることです。いやぁ、ハトか。ここにもいたら羽毛布団にできましたのにねえ！　今は十月。カナダほどじゃないにせよ、ここは標高が高いから冷えてきますよ」

まるっきり話にならない。

ははと笑って背を叩き続けてくるのが煩わしく、ひくついた笑みで取り繕《つくろ》うのも難しくなってくる。

一つを食い尽くしたらまた次へ。

そんな人の姿をまざまざと見せつけられるようで、シートンは気分が悪くなっていた。

「……やめてくれ」

どんどんと叩かれる度《たび》、胸に渦巻《うずま》くものがより息苦しくなっていく。

「そんなことを言わないでくださいよ。シートンさんは動物の絵描《えか》きで上手《うま》くいかなかったからロボで一山稼ぎに来たんでしょう？　メキシコから来る狼ハンターと同じじゃないですか。ロボを捕まえたらぜひ一杯奢《おご》ってください」

まさに痛いところを突かれたというやつだ。

三十を超えたというのに絵描きとして大成していないのは事実。

だが、ロボに深い思い入れがあるシートンとしては、賞金目当ての狼ハンターと並べて語られることだけは酷く認めがたい。

「やめてくれっ！」

「痛っ⁉」

背を叩く腕を振り払った。

それだけだったはずが、シートンは違和感を覚える。

風に吹かれた指先が濡《ぬ》れているように冷えた。

そして、ジムは払われた腕を大げさに押さえている。

奇妙なのは、シートンの指先も彼の腕も、赤に染まっていることだ。

「ひっ……」

どうしたことだろう？

ジムは明らかにシートンを見て身を引いている。

困惑していると、視界の端に妙なものを見た。

「……毛皮?」

きついシャツを着込んだときとはわけが違う。

シートンの服は縫《ぬ》い合わせからみちみちと裂《さ》け、見慣れた動物を思わせる毛皮が見えてきた。

「な、なんだ。シートンさん、あんたどうなって……。人に化けた人狼《ルーガルー》だったのか⁉」

ジムは恐慌状態で叫《さけ》ぶ。

それは、ロボが冠する名前の一つでもあった。

「ま、待ってくれ。そんなわけないじゃないか。こ、こんなの、おかしい。これはいったいなんなんだ……⁉」

自分の体が変質し、ジムは怪我《けが》をした。

起きていることは把握《はあく》できるのに、頭の処理が追いつかない。

「お、落ち着こう。ほら、ジムさんも……!」

「近づくなぁっ!」

シートンが変化に困惑していると、ジムは叫んだ。

必死の形相《ぎょうそう》と、裏返るのも構わずに絞り出された声量は今のシートンを怯《ひる》ませるには十分すぎる。

彼はその隙《すき》に動いた。

バタバタともがくように荷台に身を投げると、護身用の猟銃を手に取る。

この地域には野生の狼のほかにコヨーテも出る。それ以外にも武装した家畜泥棒《どろぼう》すら出ることがあるので武器を携帯《けいたい》するのは当たり前だ。

その銃口が今、シートンに向けられていた。

「待ってくれ！　話を――」

状況を把握する間も、弁明する間もない。

シートンがおろおろと手をさまよわせているうちに猟銃の引き金は絞られ、強い衝撃が襲ったのだった。

□

酷く、酷く、いやな夢を見た。

あまりにも鮮明な光景だったので、全ての感触をこの身で味わったかのような心地さえしている。

精神的にもかなり負荷がかかったのだろう。

全身はじっとりと汗に濡れ、心臓は裂けんばかりに鼓動《こどう》していた。

「ここは……」

見る限りただの部屋で、自分はベッドから飛び起きたところだ。

状況が理解できたシートンは安堵《あんど》をしようとして――しかしながら逆に青ざめた。

気づいたのだ。悪夢がまだ続いていることに。

「ここは、宿だ……。私はこの光景を知っている……!?」

サンタフェの自宅ではなく、クレイトンの宿で間違いない。

となると、とシートンは疑問を抱いた。

自分が全うしたはずの人生。先ほどの現実的な夢。今ここにある状況。

どれが現実で、どれが夢なのだろうか？

「体に痛みはないが……」

けれども、体にはふさふさと違和感があった。

その感触を覚えただけでも真実から目を背《そむ》けたくなってしまう。

それでも彼は歯を食いしばり、確認を続けた。

「この夜明けの頃は、まさか……」

シートンは薄暗い室内を照らすためにもカーテンを開けた。眩しい。手を翳す。

そして、自分の手に起きた異変を見つめる。

「まるで人狼だ……」

手だけではない。

部屋に備え付けられていた鏡は、動物のようにマズルが伸び、全身が毛皮に覆《おお》われた人狼を映し出していた。

「やはり私は死んでいた。それも二度だっ！　確かに二度死んだはずなのにこの状況はなんだ!?」

老衰で生涯《しょうがい》を終えたかと思えば若返って目覚め、猟銃で撃たれて死んだかと思ったら人狼としてまた目覚めた。

そんな現実を理解したシートンは足元から崩《くず》れ落ちる。

「これは……天罰《てんばつ》なのか……」

人生をやり直す機会を得たのは奇跡だと思った。

けれどもこの時間、この姿で人生が繰り返されるなんて罰としか思えない。

皮膚《ひふ》が裂けてしまいそうなほど強く頭を抱えたが、こんな痛みでもなければおかしくなってしまいそうだ。

「そうだ。罰……。罰を与えられる方が相応《ふさわ》しいのかもしれない……」

そう自覚するとようやく落ち着くことができた。

「自然主義者などと持て囃《はや》されはしたが、まやかしだ……。私はなにもできなかったじゃないか」

それはシートンが目を背けてきたことだ。

『シートンさんは動物の絵描きで上手くいかなかったからロボで一山稼ぎに来たんでしょう？　メキシコから来る狼ハンターと同じじゃないですか』

ジムが言ってきたことこそ核心を突いている。

「ロボを捕まえても狼の一頭を捕らえるだけで、全体には影響もないと思っていた。そうして私は彼らを死なせ、賞金をもらい、物語にして金稼ぎまでした。……けれど人々は自然の大切さに目覚めることもなく、未来では狼はほぼいなくなってしまった。私は絶好の機会を無駄にした。これが罪じゃなくてなんだと言うんだ！」

罪を告白すると失敗の数々まで記憶によみがえってくる。

シートンは動物記を出版しただけではない。

それが世界で評価されてから、改めて自然を愛する気持ちを広めようと、アメリカのボーイスカウト連盟という団体の設立に関《かか》わった。

だが、最大の後援者にして後の大統領――セオドア・ルーズベルトによって軍人教育に利用され、目指した方向性とは変えられてしまった。

老後、自然と共存するアメリカ先住民の知恵を広めようと学校を作ったが、第二次世界大戦による人手不足で閉鎖に追い込まれた。

活動はどれも中途半端《はんぱ》に終わってきたのだ。

「思えば、袂《たもと》を分かった彼と私のどちらが自然のためになっただろう。彼の方がまだなにかを為したんじゃないか……？」

セオドア・ルーズベルト。

ちょうどロボの捕獲を終えたあと、また懲《こ》りもせずに絵を賞に出した際に彼が目に留め、交流が始まった。

同じく自然を愛する者ではあった。

だが、彼が愛したのは趣味の狩猟ができる自然や、軍人教育にもなる自然体験だ。

それが原因で徐々にすれ違ったのである。

「この時代、酷使《こくし》された馬が短命だったことを嘆《なげ》いた活動家は、人間より馬を大事にする見当違いな動物愛護家などと揶揄《やゆ》されていたな……。逆に、人間の利便のために車を作った労働者は、結果的に馬の労働に車が取って代わることで、馬を救うことになった。まさに私も見当違いだったのか……」

そう。

結果に結びつかない声を上げるより、下心ありきでもなにかを為した方が自然を守れたかもしれない。

「彼らの死で金と名声を得ただけだ。獣《けもの》に堕《お》ちて当然か……」

シートンの胸に重苦しい感情が渦巻く。

時計の針がいつのまにか進んでいくなか、思考を遮《さえぎ》るものがあった。

板が体重できしむ音だ。

「はぁ。ったく。なんてトロい客なんだか……」

階段でため息を吐いているくらいなのでまだ距離がある。

だが、シートンにははっきり聞こえた。

すると思考は止まり、一歩一歩近づく音に顔と体を向けてしまう。

呼吸をひそめ、四つ足で身構える。

それはまるで獣の臨戦態勢だった。

「おい、もう昼だよ。いい加減金を払って出て――」

ドアを叩くのは宿の女主人だ。

彼女のノックでも揺れるくらい薄い木戸なので大した障壁《しょうへき》にもならない。獣の体軀《たいく》なら余裕で破り開け、難なく首筋に牙《きば》を立てられることだろう。

「……ハッ⁉」

その思考は完全に捕食者のそれだった。

ドアに獣じみた鼻っ面が当たる寸前に我に返ったシートンは、ドア枠に両手をついて踏《ふ》みとどまる。

バンッ！　と、叩きつけるような音が響いた。

危うくドア枠まで壊してしまうところだったかもしれない。

「ひぃっ⁉」

女主人は声を上げ、尻もちをついたようだ。

悲鳴にはっとしたシートンはすぐさま声をかける。

「もっ、申し訳ない、マダム！　急いでドアを開けようとしたらつまずいてしまった……。大きな音を立てて驚かせてしまっただろうか？」

「び、びっくりさせるんじゃないよ⁉」

「す、すまない。実は体調不良で起き上がれなかったんだ……。ここまでの長旅が祟《たた》ったのかもしれない」

咄嗟《とっさ》の言い訳は思いのほか上手くできていた。

ドアの向こうにいる彼女はシートンが化け物の姿をしているなんて想像だにしないだろう。

「そういうことならもっと早く言いな！　つまり、もう一泊ってことでいいんだね⁉」

「ああ。できるならこのまま都合《つごう》してもらいたい」

「はぁ。……いいかい。支払いを忘れたりしたら保安官に突き出すからね。上等な病人食なんて期待すんじゃないよ！」

「も、もちろんだ」

大きな声で返すと、女主人は逃げるように去っていった。

「……はぁ」

シートンはドアに背ですがり、そのままずるずると座り込む。

力が抜けたというより、心底安堵したというのが近い。

自分が先ほど仕出かしそうだった行動を自覚すると、かたかたと震える。

危なかった。

ジムを振り払おうとしたときのようにまた手が血に染まっていてもおかしくなかっ

ただろう。

獣と化した自分を抑えるようにシートンは自分を強く抱きしめる。

「どうしてこんな姿になったのか、わかった。これでは私は人の群れに帰れない……。人生をやり直せても、のうのうと生きさせないためなんだ……」

激しく酔ったとき以上に理性が利《き》かなかった。

ジムを誤《あやま》って怪我させた上、今度は罪もない人まで。果ては家族を襲うことになったとしたら、本当におかしくなってしまうだろう。

そんな結末を想像し、頭を抱え込む。

——時がしばらく過ぎた。

「もう夜か……」

少しばかり精神が落ち着いたおかげだろうか。手を見れば人間に戻っているのがわかる。

彼は机《つくえ》まで歩くと、日誌を開いた。

無為《むい》に時間を過ごしたわけではない。それでは目覚めたときに天罰だと無駄に悩んで震えたのとなんら変わらないだろう。

この一日悩み、まとまった考えを記す。

「逃げることは不可能なんだ。このとき、この姿を神に与えられたのなら、恐らくすべきことは決まっている」

つらつらと走らせていたペンを止め、自分が描いた作品を思い起こす。

『動物記』ではない。

画家を目指して努力していたとき、とある動物の絵を展覧会に出したのだ。

今のように好き放題をしていれば、人間はいつか酷い目に遭《あ》うだろうという意味を込め、狼が人の頭蓋骨《ずがいこつ》に牙を立てる絵を描いた。

そのタイトルは、『狼の勝利』。

審査員にはあまりに残酷で冒瀆《ぼうとく》的な絵だと酷評《こくひょう》を得た作品だ。

「私は今度こそ、ロボたちを救わなければならない。覚悟を決めよう」

一度目の人生で後悔《こうかい》し続け、この地を終の住まいとしたほどだった。

だが、カランポー高原という荒野に想いを馳《は》せ、ただ見つめるだけではなにも変わらない。

シートンという一人の人間が、狼王ロボの物語を変えなければならないのだ。

そんな決意を日誌に記した。

日誌をぱたんと閉じたシートンは窓から外の風景を見た。

美しい月夜を見上げていると、不意に遠吠《とおぼ》えが響き渡る。

それは未来の世ではなくなってしまったハイイロオオカミの遠吠えだった。

□

一八九三年十月二十三日。

本来なら牧場で朝を迎えていたはずだが、一日遅れで約束の郵便局に向かってみる。

一度失敗したシートンとしてはこの邂逅《かいこう》が一つの関門にも思えていた。

「静まれ、私の心臓。前回のようには決してなるな……！」

集落で人狼になってしまえばどんな被害をもたらすかわからない。

心を律しようとすればするほど逆効果なようにも思いながら、シートンはクラパム郵便局に辿《たど》り着いた。

そこには、若干不機嫌《じゃっかんふきげん》そうながらもカウボーイ・ジムの姿がある。

シートンは気合いを入れ直すように頰《ほお》を叩いたあと、彼の前に歩み出た。

ジムの表情には前回のような恐怖は欠片《かけら》も見えない。

視線が合うと彼も近寄ってくる。

「俺はフィッツランドルフ牧場のジム・ベンダーです。あなたがシートンさんですか？」

「そうです。予定に遅れてしまって申し訳ない」

シートンとジムはこの三回目の人生ではまだ面識がない。

二回目であったことはシートンの記憶以外、全て消え失《う》せている——そのはずだと信じ、固唾《かたず》を呑《の》んで彼を観察する。

彼は軽く息を吐き、肩を竦めた。

「カナダから列車で何日もかけて移動してきたそうで。野生の牛や馬と列車が衝突したり、先住民の……アパッチ族でしたか？　ああいうのがなにを仕出かすかもわからないから数日ズレるのは仕方ないってもんです」

ようやく開通した鉄道はまだ地域に馴染《なじ》みきっていないので不測の事態が多い。この程度のズレは日常茶飯事なのだ。

そして、こんな反応しか返ってこないことにシートンは安堵した。

これで最大の懸念《けねん》は消えた。

やはり死に戻れば戻る前にあった出来事は消えるらしい。

「道中よろしくお願いします」

「ええ。お任せを」

シートンは以前と同じく御者席にクッションを敷いて座る。

感心したようにしげしげと見つめてくるジムに一つの紙袋を手渡した。

「これはなんですかい？」

「ほんのお詫《わ》びだよ」

たとえ消え去ったとしても、シートンは覚えている。

ロボのことだって言うなれば消え去った過去の一つなのに、そちらだけ特別扱いというのもおかしな話だ。

「ほら、ベッドで豆をつまみにビールを飲んだはいいけれど、食べかすを狙《ねら》ったネズミに体をかじられたら嫌だろう？　それを防ぐためにハッカ油を撒《ま》いておくといいと思ったんだ」

「ははあ。そんなところまでお見通しとは、ロボの捕獲を頼まれるわけですなぁ」

「とんでもない。私は未熟だよ」

こうして彼に褒《ほ》められるのは二度目だ。

形は違えど、また期待をしてもらえるのは誇らしい。

「それと、ロボのことで一つ伝えておきたいことがあるんだ」

「ははん。さてはただのトラばさみなんかじゃなく、もっと優秀な罠《わな》でも自作しちまうんですね？」

「いや。むしろその逆に近いことなんだ」

「つまり罠じゃないと？」

どうにも想像ができないらしく、ジムは首を傾《かし》げている。

当然だ。

彼にこれから伝えるのは捕獲依頼を受けた人間が言うことではない。

「捕まえたり殺したりせず、共存できる方法を模索しようと思っているんだ。たとえば、この土地でずっと暮らしていた先住民のようにね」

「いやいや、それはあまりに気が長い話でしょう。猟銃でズドン！　言ってみればこれで終わることですよ？」

「しかし優秀な狼ハンターでもそれは失敗続きだったそうじゃないですか。彼らを罠や銃で殺そうというのがそもそも間違いかもしれない」

「そんなこたぁないと思いますが……」

「では、ジムさんはこの世で最も頭がいい狼はロボだと思いますか？」

「どういうことです？」

ジムの問いにシートンが頷《うなず》く。

「私もロボはとても頭がいい狼だとは確信しています。けれど、同じくらいに頭がいい狼の話をいくつも聞いているんだ。ロボ一頭を倒したとしても他のが来れば、また駆逐《くちく》しなければならない。なにか画期的な方法を考えつかなければ、彼らとただ争っても六十年は同じことが続くだけでしょう」

シートンは断言した。

ハイイロオオカミは絶滅するくらいに減ったが、シートンが一度目の人生を終えた一九四〇年代にもまだいたことは事実だ。

加えて『狼王ロボ』は実のところロボだけではなく、各地で有名だった狼の逸話《いつわ》を統合したものでもある。

これほどまで自信を込められる予言はほかにない。

「戦う以外の選択をすれば狼との戦いは二十年で済ませることができるかもしれない。私が言いたいのはそういうことなんだ」

「なんともまあ、大きな話ですな。俺には現実的かどうかもわかりませんや」

「けれど諦《あきら》めていたらなにもはじまらない。どんな大ごとでもひとまずやってみるべきだと、私は十九歳のときに学んだんです」

「というと、進学のことで？」

「いえ。ロンドンの美術学校に行く目標を叶《かな》えたあと、もっと絵を勉強したくて努力していたときのことです。ジムさんは大英博物館を知っていますか？」

「名前くらいは」

なんでも公共に開かれた博物館としては世界初の施設らしい。世界最大級でもあるそうだから、こういうことに興味を持たなそうなジムでも知っているだろう。

「その大英博物館の中央部には図書館があり、これまた多くの蔵書があるんです。しかし二十一歳以上でなければ使えない決まりがあった。そこで私は皇太子と総理大臣とカンタベリー大主教に手紙を出し、許可を求めたんです」

「そんなお偉方《えらがた》に、十九歳の学生が？」

「はい。結果、全員から返事があって、私は入場許可までもらったんです。何事もやってみなければわかりません」

「なるほど。シートンさんは本当に大きなことをする人のようで」

ジムは素直に称賛《しょうさん》をしてくれている。

けれどシートンとしては逆に虚《むな》しさを覚えていた。

「しかし、何かをする度に失敗をしてきた人生でした……。だから今度こそはと思うんです」

「ははは！　俺よりずっと長生きをしたような物言いですね」

「……後悔を人一倍しているだけですよ」

二度目の人生まで失敗したのだから間違いない。

前向きになっていたのにまたすぐ表情が陰《かげ》ってしまう。

「シートンさん」

その変化にジムはすぐ気づいたらしい。

彼は逆に明るい表情を見せてくる。

「あんた、くよくよしちゃいけませんよ。Mining the gold miners!（採掘者から採掘せよ！）ゴールドラッシュでも、大成功したのは金を掘ったやつじゃなく、採掘者を相手にした商売人です。あー……。上手いことは言えませんが、考えればきっと良い案が浮かびます。考えて行動してこそです。間違いない！」

ジムは二度目の人生のようにシートンの背をばんばんと叩いてくる。

遠慮《えんりょ》もなく、全力に近い勢いだ。

しかし今度の張り手には胸がざわつくこともない。

「そうですね。必死に考え続けたいと思います。少なくとも、立ち止まっていても答えには辿り着かないでしょうから」

むしろ心が温まったシートンはジムに笑みを返すのだった。

□

この西部開拓時代、家族経営の牧場もあるなかでフィッツランドルフ牧場はかなり大きい方だ。

まず牧場管理を任された親方がいる。

その下にジムのような住み込みの牧童《カウボーイ》が十人ほどいて、放牧牛の管理をしている。

しかし、放牧というのはそれだけでは回らない。

この乾燥地帯では水飲み場の整備も必要だし、妊娠《にんしん》中で放牧しない牛もいる。

それらの世話を担《にな》う者も近隣《きんりん》から集められており、合計二十人かそれ以上が勤《つと》めているという具合だ。

家畜の状態や季節によって従業員数にもばらつきが出るので、牧場にはそれを受け入れるための宿泊施設がいくつかある。

しばらく滞在するシートンにもそれがあてがわれたのだが、彼が希望したのは外れにある小屋だった。

ジムは案内をしてくれたものの、まさかの要望に戸惑《とまど》っている。

「シートンさん、本当にこんなところでいいんですかい？　ここは一番古い小屋で、壊すのも手間だからって放置しっぱなしの場所ですよ？　ほかを選んだって一人部屋にはできる余裕はあるんですからね？」

「古いからこそだよ。狼の鼻はいい。できるだけ牧場の人には会わず、ニオイを消せるようにしたいんだ」

自身が人狼化して狼の感覚を体験したことで、今までおぼろげに意識していたものの意味がはっきりとした。

やはり人がたくさんいたり、金属に囲まれていたりすると、自然界にはない臭気が染みついてしまい、狼ならすぐに嗅《か》ぎつける。

こうして放置された小屋にはあまり人間のニオイがないので好都合なのだ。

「そこまで言うなら止めやしませんが……」

「ああ、心配いらない。無論、必要なものなどがあったら牧場を頼らせてもらうよ」

ジムはいかにも隙間風《すきまかぜ》が入りそうな壁を凝視《ぎょうし》し、自分なら絶対にお断りという表情を隠してもいなかった。

「親方には手伝うように言われていますから、なんでも相談してください。シートンさん、期待をしていますよ」

「努力します」

道中、あれこれ語っただけに前向きに捉《とら》えてくれるらしい。

牧場に引き上げていくジムを見送ったあと、シートンは小屋に向き直る。

「さて、せめて住めるようにしないとな。そして人狼化についても詳細を調査しなければ」

いつ、どういう条件で人狼になるかも確かめていかなければまともに他人と交流などできないだろう。

こんな離れを選んだ理由の一つにそれもある。

「特に、衝動を抑えられるかどうかが問題だ……」

気が動転していた上、初めてだったからこそではあるかもしれない。

若者がアルコールで一度や二度の手痛い失敗をしてから自制心が強まるのと同じように、制御が利くのであれば幸いだ。

シートンが掃除《そうじ》を完遂《かんすい》しないうちに陽は落ちてきた。

なにせ、ジムが凝視していたように壁は隙間だらけだ。入り込んだ砂埃《すなぼこり》を片付けるだけでも相当な手間となっている。

まだ半分も終わっていないがそろそろ区切りをつけ、食事でも取って休むべきだろう。

そう思っていたときのこと。

とあるニオイがシートンの鼻をかすめた。

「これは、血か……？」

正確には、血自体にニオイはほとんどない。

例えば鉄釘《てつくぎ》や鉄棒などを触ったとき、手指の皮脂《ひし》と金属が反応して発生する成分こそがいわゆる『血のニオイ』となる。

反応して生まれるからこそ、相応に擦《す》りあわせなければそんなニオイはしないはずなのだ。

では、この牧場地帯ならどんな状況でそれが発生するだろう？

シートンの脳裏《のうり》をよぎったのはロボやブランカを捕らえた罠だ。

「あっちか⁉」

思わず、シートンは馬を連れることもなく走り出していた。

短絡的な行動だ。

息がすぐに切れ、足は回らなくなる——そのはずが、走りはどんどん加速していく。

「体が人狼になっている⁉」

気づけば全身は体毛に覆われ、四足歩行で駆ける狼男という風体になっていた。

力はみなぎるし、鼻はより一層冴《さ》えわたる。化け物じみた体軀《たいく》はそれ相応の力を授けてくれるらしい。

「願ってもない！」

ニオイの根源はどんどん近づき、やがて現場に到着した。

そこには二頭の動物がいる。

幸か不幸か、シートンが予想したシルエットよりもずっと小さな被害者だ。

コヨーテが狼用のトラばさみに引っ掛かっており、アメリカアナグマは罠を必死に嚙んで助けようとしている。

「ひ、ひえっ。狼ぃっ⁉　も、もうダメだぁっ！」

「泣き言を零《こぼ》すくらいなら脚を千切《ちぎ》ってでも罠から抜けろって！」

「むぅりぃぃいっ！」

「動物が、喋《しゃべ》った⁉」

いや、そもそも人狼化している自分が言うのもどうだろう。

耳を疑ったシートンは顔を振る。

「いや、むしろ、私が動物の言葉を理解できるようになった。そう考える方がよっぽど自然だ」

人狼になってからの方が鼻もよく利くし、いくら走っても疲れ知らずだ。自らのこの状態が特別と見るのが妥当《だとう》だろう。

シートンは目の前でわたわたとするアメリカアナグマとコヨーテを観察する。

アナグマはタヌキやハクビシンに近い見かけだが、穴掘りを得意とするイタチ科の動物だ。

コヨーテは中型犬サイズの狼とでも考えれば大体は合っている。

彼らはこの辺りに生息するごく普通の二頭だ。

「これは一体どういうことだ？」

動物に言葉が通じるのは自分が特殊《とくしゅ》だからと結論付けたはずが、この光景を見ていると少しばかり揺らいでしまう。

象のように群れを作る上に賢い動物ならともかく、異種の動物がこのように行動を共にするなどありえるだろうか？

シートンは彼らの習性を思い返した。

「そうだ。これはありえる。アメリカアナグマとコヨーテは協力して狩りをする珍《めずら》しい組み合わせなんだ」

アナグマは短い手足を活《い》かし、ジリスやウサギなどの巣穴に入って追い立てる。

一方のコヨーテは出口で待ち受ける係だ。

追い詰められた獲物は立ち止まってアナグマに捕まるか、決死の思いで地上に飛び出すという二択を迫られる。

互いの長所を活かして挟《はさ》み撃ちをすることで二頭は狩りの成功率を上げるのである。

共生や混群という専門用語で語られる話だが、彼らほど密接な協力関係を取る動物はあまり多くない。

「素晴らしい。なんて、なんて興味深い……！」

シートンは目を輝かせる。

なにせ、全てのアナグマとコヨーテが協力するわけではない。

この二頭は異種の動物であるため、ときに捕食関係となることだってあり、大きく幅がある関係性なのだ。

では、目の前の二頭はどのような関係だろう？

「知りたい……。ぜひにっ……！」

興奮せずにはいられない。

なぜなら彼らの関係性は普通なら年単位で追跡しても答えが得られるかどうかという情報だ。その答えが単純に会話で得られるとしたらどうだろう？

誤解の可能性も低く、答えもすぐにわかるなんて裏技も甚《はなは》だしい。

動物学者ならばこれ以上に心が躍ることはなかった。

「こ、言葉が通じるならぜひとも教えてくれ。君たちは漁夫の利を得るくらいの関係か？　それとも獲物を分けあうくらいの関係か？　馴《な》れ初《そ》めは何だったんだ⁉　今、二人は何歳なんだ⁉」

「ひえええぇぇぇっ⁉」

「なんだ、なんだこいつ⁉」

興奮し、鼻息荒く近づく。

すると、恐慌《きようこう》状態に拍車《はくしや》がかかったコヨーテは本当に脚を千切らんばかりに動き、トラばさみがより食い込んだ。

アナグマの方は、こてっと倒れて死んだふりをしてしまう。

ここまでの惨状《さんじょう》を前にすれば、いかに興奮していても我に返ろうというものだ。

「す、すまない。私はこんな姿をしているが……待ってくれ。取って食う気はないんだ」

ディナー前なので空腹という事実は置いておくとしよう。

ひとまず現在のシートンはジムを傷つけたときのように思考が本能に染め上げられているわけではない。

むしろ正反対の知的好奇心に突き動かされている。

落ち着いてくれ、というようにゆっくりと手を差し伸べ、シートンはコヨーテの足に食い込むトラばさみをそっと外すと、その場に座り込む。

コヨーテは足を引きずって距離を取り、目を覚ましたアナグマはそれに寄り添った。

その間、実に二分。

隙だらけの彼らを前にしてもじっと待つ姿勢を見せたので、敵意がないことは伝わったようだ。

シートンはひっそりと息を吐く。

「狼以上の俊足で疲れ知らずな上、動物と言葉が通じるのに怖がられるなんて……。

意外な不便さだ……」

改めて、神への感謝と恨《うら》みを抱いた。

そんな拍子抜けさせる姿が緊張を解《と》いたらしい。

二頭はまだおどおどしているものの、逃げずに向きあってきた。

「な、なあ。あんたは狼じゃないのかい？」

アナグマは小さい体の割に勇敢《ゆうかん》だ。

足を怪我して弱気になっているコヨーテに代わって話しかけてくる。

「もちろん違うつもりだが……。いや、自分自身がよくわからないんだ」

呟《つぶや》いたシートンは自らの足を見つめる。

ズボンは縫い目から裂けてしまい、靴《くつ》も膨《ふく》れ上がった足を包みきれなかったのか走っている間に脱《ぬ》げたようだ。

シートンはねん挫《ざ》の具合でも確かめるように自らの足首を回しながら、念入りに観察をはじめる。

「そもそもイヌ科の関節では人間のようには座れないはずだ。そういえば足の肉球はどんな形をしている……？」

「よくわからないやつだってことはわかったぞ」

足の裏を見ているうちに二頭から向けられる視線は恐怖から少し変わった。

まあ、よしとしよう。

緊張が解けて会話ができるのなら様々な目的を達することができるのだから。

シートンは自分を納得させるように頷く。

「コヨーテ君、脚が痛いだろう？　治療《ちりょう》をするし、君たちの狩りも必要とあらば手助けもしよう。その代わり、一つ聞きたいことがあるんだ」

シートンの提案に、二頭は顔を見合わせる。

「た、確かにこんなやつが助けてくれるなら、天敵の狼たちがやって来ても大丈夫だろうけど……」

「そう、それだっ！　狼のことを聞きたい！」

「ひぃっ⁉」

くわっと目を見開いたのが怖かったらしい。

コヨーテは尻尾《しっぽ》を股《また》に巻き込んでいる。

びくびくと及び腰になっている彼らを威圧しないよう、もう少し距離を取ってから正座で向きあった。

これが絵にでもなろうものなら、相当にシュールだろう。

「私はロボというとても賢い狼を探している。少数の群れで、体格のいいリーダーであるロボや、白、黄色の狼がいるのが特徴なんだが、どこを縄張りにしているのか知らないか？」

困ったことに狼の縄張りは広い。

ネコ科はさほど広くないが、狼は獲物の数次第《しだい》では百十キロ四方もの縄張りを持つことがある。

半径六十キロ以上にも及ぶ範囲のニオイを嗅ぎ分けて行動を変える彼らを追うなら、それがどこかを知っているか否かで大きな差が出るものだ。

「ここいらで目立つ狼といえばあいつか……？」

「たまに牧場の羊も襲うやつだっけ。頭がいいらしいけど、たまに変なことをするんだって聞くよね」

ロボは毒餌《どくえ》や罠も見破る。それらを避けるための行動はなにも知らない動物からすれば確かに変な行動だろう。

二頭はひそひそと相談をした後、びくびくしているコヨーテの前にアナグマが歩み出た。

「知らないこともないけどよ、教えるなら条件がある」

「なんだね？」

アナグマはどんな要求をしてくれるのだろう？

シートンはむしろその答えを楽しみに待つ。

「相棒はこんな脚だ。オイラが獲物を巣穴から出口に追い込んで待ち伏せをするって感じだから狩りにはあまり困らないと思うけど、なにかあったときは——」

「任せたまえっ！」

シートンが前のめりになって答えたのは、言うまでもない。

□

熱い吐息《といき》を漏《も》らすと、白く色づいて消えた。

そうだ。

毛皮のおかげで忘れていたが、十月のカランポー高原は夜になると一桁台《ひとけた》まで気温が下がるのだ。

「実に、実に有意義な時間だった」

シートンはアナグマとコヨーテの狩りを堪能《たんのう》した。

アナグマはわっさわっさと土を掻《か》き分けて巣穴に進み、別の出口で待機するコヨーテは飛び出てきたところを取り押さえるという分担作業だ。

巣穴は緊急時に備えて出口が複数ある。

本来なら、別の出口から逃げられてもコヨーテが俊足を発揮《はっき》して捕らえたのだろう。単に待ち受けるだけでなく、音やニオイを頼りに待ち伏せ先を変えた可能性だってあったかもしれない。

「彼が怪我をしていたのが残念だ……。だが、それでもなお興味深かった」

記憶を反芻《はんすう》し、欠けていた風景を思い描くだけで恍惚《こうこつ》としてしまう。

シートンは記憶を頼りにしてアナグマが穴を掘るしぐさをしばらくまねるほどであった。

ともあれ、記憶には十分に刻《きざ》みつけられただろう。

「いつまでもこうしてはいられない」

二頭に会えたおかげでロボの居場所まで知れたのだから、なんと幸先がいいことか。

まだ昇りきっていない月を見上げながら、教えてもらった縄張りの風下に位置取る。

「私も狼のマネをしてみなくては」

人狼の利点は鼻だ。

わざわざ探し歩く必要もない。風が運んでくれるニオイを辿ることによって、広大な範囲を探ることができる。

「いくつものニオイがする。どれがロボたちなんだ？」

切り立った卓状台地に立ち、シートンは吹く風ごとにニオイを選別していた。

ニオイが強いものと弱いもの。

群れているものとそうでないもの。

混じる周辺環境のニオイが特殊なものなど。

一つずつ分類すれば、おのずと答えが見つかるだろう。

「草食獣は見つかりたくないのだから、基本的にニオイは少ない。ロボたちの群れの規模は小さい。そしてロボたちの獲物がいるとすれば草原地帯だから……」

乾いた土と、ジリスのニオイ。

湿った土や牧草と、家畜のニオイ。

その領域に潜《ひそ》む、小さな群れの獣臭。これだ。

「ああ、ロボ。やはり君は家畜を襲うのか」

見つけたものの、その状況はあまり好ましくなかった。

「被害が連続していたからこそ捕獲を依頼されたのだから、そうでなくてはおかしい。

だが、君だけは違っていてほしくもあった」

シートン自身が死に戻りで行動を変えたように、ロボだけは特別な行動をしてくれればよかった。

物思いを振り払うようにシートンは駆け出す。

この速さならばすぐに現場に駆けつけられるだろう。

問題はいかにしてロボとコミュニケーションを取るかだ。

「私の目的はロボたちを守ること。だが、狼の群れは基本的に親と子のグループだ。つまり、私のように群れに接触する一匹狼はメスを奪おうとする侵略者でしかない……。どうする？」

野生ならまず受け入れられないだろう。

しかしシートンの置かれた状況は大きく違う。

「群れに入れてもらえればそれでいい。野生なら命惜《お》しさに逃げるが、私は命を捨てても構わないのだから、拒《こば》まれ襲われても地道に訴《うった》え続ければいいのだ」

考えてみれば実に簡単なことだった。

命を懸《か》けて挑戦し、ダメならばまた挑めばいい。

人狼化と人生の繰り返し。呪《のろ》いのようではあるが、未知のことに挑戦するには好都合とも言える。

「二度も死んだことで度胸《どきょう》がついてしまったな」

シートンは苦笑しながら目的地に到着した。

そこは羊が休む農地だ。

鼻が感じ取った通り、この近くにロボたちが潜んでいるはずだ。

「……いた。あの藪《やぶ》か」

その場に滞留している獣臭を辿ればすぐにわかった。

動物の目には輝板《きばん》と呼ばれる光の反射板が備わっている。その辺りにいるとわかって注視すれば、月光を反射して闇《やみ》に浮かぶ目が見て取れた。

「機先を制しつつ、彼らが驚いて逃げない程度に……！」

羊には申し訳ないが、手土産《てみやげ》が必要だ。

ロボや一部の羊にはシートンが地面を駆ける音が聞こえていただろう。

けれども彼らがなんらかの行動を取るよりもシートンがそのまま羊の群れに突っ込む方が早い。

手頃な一頭の首筋に噛みついてそのまま失神、窒息《ちっそく》させてしまえば狩りは終了だ。

蜘蛛《くも》の子を散らすように羊は逃げ惑う。

この場には羊に食らいついて立つ人狼と、警戒《けいかい》して牙を剝くロボたちの群れが残った。

「また会えたな、ロボ」

彼我《ひが》の距離は五メートル。

ここから変に距離を詰めれば彼らは応戦か逃走のどちらかを選んでしまうはずだ。

彼らと接触したいシートンとしては、この距離を保ったまま彼らの警戒を解かなければいけない。

ごくりと緊張の息を呑む。

まずは事切れた羊を地面に落とした。

その瞬間、彼らはわずかに反応を示したものの、相変わらず威嚇《いかく》の体勢でこちらを睨《にら》んでいる。獲物を放したから、こちらも臨戦態勢を取りかねないと映ったか。

「大丈夫だ、大丈夫。私は君たちの味方だ」

次の行動が重要だ。

シートンは彼らの動きを注視したままゆっくりと身を屈《かが》めていき――ごろんと腹を見せて転がる。

「仕留めた獲物を放り出して服従体勢。これ以外に取りようがない！」

言うなれば、空に向かってハグを求める格好だ。死んだふりと思われないよう、左右に揺れる工夫《くふう》も入れている。

「さあ、どうだロボ⁉」

懸命に訴える。

しかし群れのボスとして先頭に立つロボは警戒を示したままだ。

「父よ。こいつは敵じゃないのか？」

「父ちゃん。あいつをどうして嚙まない？」

ロボの姿勢をまねていた黄色の体毛の狼と、大柄な狼は膠着《こうちゃく》状態にしびれを切らしたらしい。

先も述べた通り、狼の群れは大抵が血縁関係だ。

通称イエローとジャイアントと呼ばれた二頭は、恐らくロボとブランカの子供のはずである。

「やはり君たちにも通じるのか⁉　ほら、この通りだ。敵意はない！　私は君たちの群れに入れてほしいんだ！」

各地に移り住んだことがあるシートンは言語に困り、ボディランゲージの世話になったことが幾度もある。

今こそ、経験を活かすときだ。

私たちは友だと全身で表現していると、次第に彼らの視線は変化した。それはアナグマとコヨーテが心を開いてくれたのを思わせる変化である。

ロボがついに牙を剝くのをやめると、イエローとジャイアントが駆け寄ってきた。

彼らはそれぞれ顔と腹にマズルを近づけてくる。

「そうだ。イエロー、ジャイアント、仲よくしよう！」

「外の狼に気は許さない」

「怪しいやつ、嚙む！」

「なにっ……？」

交流ができる、と期待した矢先のこと。

二頭は首筋と太ももの付け根に深く牙を突き立て、食いちぎるように顔を左右に振ってきた。

こうして気道を押さえ込んだり、太い血管を傷つけてから追い回して相手を衰弱《すいじゃく》させたりするのは肉食獣の基本戦法だ。

「あたたたっ、た……？　い、痛いが、それほどでは……」

肉を与えられ、貪《むさぼ》りあうときのように容赦《ようしゃ》がないのは確かだ。

けれども、その牙が肉を裂くことはなかった。

この人狼の肉体は思った以上に皮膚が非常に強靭《きょうじん》らしい。

人狼が狼二頭に襲われるという奇妙な光景のなか、シートンは空を見上げて思案する余裕さえあった。

「そういえばジムさんの猟銃ですら、即死ではなかった気がする。さながらジェヴォーダンの獣じみた化け物なのか、私は」

曰《いわ》く、十八世紀のフランスを恐怖に陥《おとしい》れた化け物だったか。

人間の群れに帰ることを許さない呪いと考えたこともあった。

けれどなかなかどうして役に立つ。

「こんな経験ができるなら、獣に堕ちるのも悪くないかもしれない」

アナグマとコヨーテの狩りを間近で見たり、狼と直接触れあうことができたり。生身の人間ではこうはいかない。

「ふふ。この時間が楽しくすら思えてきた」

それから二分ほど待っただろうか。

抵抗せずに身を任せていると首や足への圧迫感が消えた。

見ればイエローとジャイアントは顎《あご》を解きほぐすように開閉しており、すごすごと退散していく。

「父よ。奇妙なやつだ……」

「父ちゃん。あいつ、硬い……」

そんな二頭を迎えたのは、ブランカの唸《うな》り声だ。恐らく、先走るなという叱責《しっせき》だったのだろう。

狼には雄《おす》と雌《めす》で別々に順位付けがある。

彼らの群れではロボとブランカがアルファと呼ばれるリーダーだ。

ブランカはロボに擦り寄り、観察に徹《てつ》していた彼に指示を仰《あお》いでいる。

「さあ、ロボ。君はどうする？　かつてもここまで肉薄してのコミュニケーションというのはなかっただろう？」

狼王ロボとは罠による知恵比べをし続けただけ。

三か月も探し回ってほとんど姿を確認したこともなかった。

まともに面を突きあわせたのは、彼らが罠にかかったそのときが最初で最後だ。

変わらずに睨みつけてくるロボと、両腕を広げて待ち受けるシートン。

場の緊張を吹き飛ばすように一陣の風が通り過ぎる。

すると、ロボは興味を失ったかのように顔を背けた。羊たちの逃げた方向に耳を立て、風に乗る臭いを嗅ぐと走り出す。

「変なのは放置に限るということだな、父よ！」

「食えない獲物なんて戦うだけ無駄だもんな！」

「な、なにっ⁉」

無駄なことをしないというのは自然界の鉄則だ。

イエローたちは慌ててロボを追いかけていってしまい、シートンは取り残された。

「待ってくれ。ここに私が仕留めた羊があるんだぞ⁉」

そういう献上品とするべく狩った一頭だ。

しかし言葉をかけても彼らが後《うし》ろ髪を引かれることはない。

「犬でも猫でも仲間に食べ物を分け与える行為はある。だから、これで気持ちが伝われぱと期待していたのだが……」

なんともつれない。

けれども思い返せば納得もできた。

ロボとはそういう狼だったではないか。

「そうか。ロボは自分たちが仕留めた獲物以外はほぼ食べなかったし、与えられた水にも食糧《しょくりょう》にも口をつけなかった。ずっと、最期までそうだったな……」

生け捕りにしたあと、彼はもう帰れない山々を見つめるだけで、出された水にすら口をつけなかった。

そんな出来事からシートンは彼がいかに聡明《そうめい》で誇り高いのかを痛感したのだ。

「振られてしまったな……」

けれどもこれを失敗とは思わない。シートンは以前と違い、充実感を覚えていた。

なにせ今回はこれで終わりではない。

ここからが始まりだ。

「敵対しなかっただけでもよしとしよう。奇妙で結構。ここから群れのオメガとして迎えてもらえれば僥倖《ぎょうこう》だ」

オメガはアルファとは正反対。

狼の順位では最も下の存在の呼び名だ。

しかし人の社会における順位とは違い、オメガが単にイジメられるだけの立場かといえばそれは違う。

狼は単に力の優劣《ゆうれつ》だけで順位付けする動物ではない。

アルファはなにかしらで最も頼りがいがある存在だし、オメガはジャイアントのような体が大きな個体でも担うことがある。

「オメガが柔軟《じゅうなん》に服従姿勢を取り、積極的に遊びを誘う個体だと群れ内部での争いも減っていた。彼らは道化師《どうけし》のように大切な立場なんだ」

サーカスの道化師は観客が曲芸に飽きないよう、絶妙にバランスを取るという。

そして宮廷《きゅうてい》道化師ならば王の機嫌を取るだけでなく、世間の風評を芸で伝える助言役としても働いたそうだ。

「狼王のための道化。まったく、これ以上ないハマり役じゃないか」

どこかでまた失敗をするだろう。

なんとも愚《おろ》かな様も晒《さら》してしまうだろう。

だが、それらも全て狼王のためになるなら報《むく》われる。

「ウオオオォォォー！」

胸を満たしているものがあると叫びたくなるのは、きっと生物としての性《さが》だ。人狼の姿でなくともしていただろう。

「ああ、心地いい。世界を繊細《せんさい》に感じられるな」

ひんやりとした空気。

さわさわと音を立てて擦れあう牧草。

感じ取れる自然の一つ一つが染みわたるようだ。

人狼の状態は五感が鋭い。そのおかげで余韻《よいん》をより一層楽しめている気がする。

シートンは充実したハイキングを終えたような気持ちで牧草地に横たわっていた。

——そんなときのこと。

彼の耳に自然のささやき以外のものが飛び込んでくる。

それは、狼の遠吠えだ。

シートンの声に触発されたのか、何頭もの遠吠えが続いた。

それはまるでメッセージのようだ。

シートンは耳にした瞬間に飛び起き、少しも聞き漏らさないように耳を澄ます。

「……わからないな。残念だ」

最後まで聞き届けたあと、彼は気の抜けた息を吐いてまた転がった。

例えるなら海に思いの丈《たけ》を叫ぶようなものだろうか。

言葉としての意味が伴っていないからなのか、シートンとしては単なる音としか聞こえなかった。

「そういえば言葉として理解できたのも、何故《なぜ》かイエローとジャイアントだけだったな」

ブランカが二頭を叱《しか》った声は言葉として理解できなかった。

「もしかすると神は私が死なせたロボとブランカだけは言葉が伝わらないようにしたのかもしれないな……」

なにもかもをお膳立《ぜんだ》てしては罰にならない。

神がそんな一癖《ひとくせ》を加えるのも無理からぬことだろう。

「ああ、せいぜい道化として頑張るとしよう」

まずは一歩だ。

シートンは拳《こぶし》を空に突き上げて呟くのだった。

二章　狼王《おおかみおう》の道化師《どうけし》

狼《おおかみ》の群れはある意味、女性に近いのかもしれない。

ニオイに気を遣《つか》い、振る舞いに気をつけ、足しげく通う。気取った言葉なんて意味はなく、積み重ねた行動こそが物を言う。

つれない女性をどうにか口説《くど》き落とすかのようで、根気を要した。

シートンが群れに居場所を得たのは、あれこれと試行錯誤《さくご》をひと月も続けてからのことである。


ようやく、だ。

苦労して得た場で、シートンは得難《えがた》い経験をしている。

「ジャイアントはこれが好きだな」

人狼となったシートンの鼻《はな》っ面《つら》は、現在、ジャイアントが開けた大口のなかにあった。

　無論、食われているわけではない。

　狼が仲間を大口で挟《はさ》む行為《こうい》はじゃれ合いでよく見ることができる。

『私は噛《か》みません』

『私はあなたが噛まないと信じている』

　そんな風に互いの信頼を再確認する行為だ。

　群れの最下位であるオメガはこれを耐《た》えなければいけない。

「ああ、これが天然の生臭さ……」

「天然？　なに？」

「こちらの話だよ」

　骨も噛み砕《くだ》いて食べる彼らは口臭のもとになる歯垢《しこう》もこそげ落とされるので、飼育された個体とはまるで違う。

　毛皮に顔をうずめて堪能《たんのう》するニオイとはまったく異なる新境地だ。

　ジャイアントはロボに次《つ》ぐ体の大きさをこうしてアピールするのが好きなのか、頻《ひん》繁《ぱん》にしかけてくる。

　多彩と言われる狼のコミュニケーションはこればかりではない。

「さあ、イエロー！　私は君とも仲よくしたいんだ！」

「近寄るな。煩《わずら》わしい！」

同じ仕草を群れの仲間にしていくのだが、これがまた加減が難しい。

あまりしつこくしていると威嚇《いかく》で返されてしまうというのがオメガの宿命だ。

それでもめげてはいけない。

頭を低くして反復横跳《と》びすることで遊びに誘ったりして温和なムードを作り上げることこそ、道化《どうけ》の役割である。

「さあ、私を捕まえてみるんだ！」

「小癪《こしやく》。足の速さで勝てると思うな！」

足自慢のイエローはこの誘いにはよく乗ってくる。

どちらかが捕まってプロレスごっこのようになると、童心に帰る心地すらしてきた。

鳴き声。ボディランゲージ。ニオイ。

それらを様々な形で活用するのが狼のコミュニケーションである。

しばらく戯《たわむ》れていると、今度はロボが近づいてきた。

彼は常に子らを見守る父であり、王という風格だ。少なくともシートンが誘う遊びには一度たりとも乗ってくれる素振りがなかった。

ここに来てついに彼も認めてくれたのだろうかとシートンは期待の眼差《まなざ》しを向ける。

「むっ。ロボ、ついに君も混ざ――」

「ガウッ！」

早とちりだったらしい。

かなり食い気味に吠《ほ》えられた。……かと思えば、ロボはそっぽを向いてどこかに歩きはじめてしまう。

これは怒ったというより、そこまでという制止だったようだ。イエローとジャイアントなどとともに抱いていた遊び気分は霧散《むさん》してしまう。

「なるほど。この時間なら恐らく……」

今は陽《ひ》が傾きはじめた夕刻だ。

カランポー高原に初めて来たときから覚えがある。

朝の鶏《にわとり》のようなもので、この時間になると狼の遠吠えが荒野に木霊《こだま》したものだった。

シートンの視線の先にいるロボはまさにそれの正体だ。

群れは遠吠えの意味を察し、彼の後を追いはじめる。

そう、狩りの時間である。

「ふむ……」

群れを先導するロボについていきながら、シートンは長丁場を覚悟《かくご》した。

やることといえば縄張りを歩き、自慢の鼻で獲物《えもの》を探して狩りをするというシンプルなものだが、これが簡単にはいかない。

端的に言えば、その原因は人間にある。

白人がアメリカバイソンなどの草食獣を激減させたせいで獲物が不十分なのだ。

故に彼らはもっと小さなものを腹の足《た》しにするしかない。

サバンナのような草原地帯を群れで歩いているあいだ、ジャイアントは熱心に地面を嗅《か》ぎまわっていた。

そして時折なにかを探して穴を掘りはじめる。

「なにかいるのか？」

特等席で眺めていたところ、地面からぴょんとなにかが跳《は》ねて出た。

それをシートンは手に取る。

「なるほど。スキアシガエルか」

乾燥に強い、アメリカ固有のカエルだ。

後ろ足に土を掘るためのコブがあり、これが土を掘り起こす鋤《すき》に似ているからそう名付けられたという。

ただし、ほんの十センチにも満たない。

ジャイアントは手のひらから跳んで逃げたカエルを見事に口で捉《とら》えたが、飴玉《あめだま》程度の足しにしかならないだろう。

「うえっ。こいつら、やっぱり変なニオイ……」

ジャイアントはその体格だけに大食いだ。

よくなにかを拾い食いしているものの、それでも足りなそうである。

「ウサギでも食べたいか？」

「それ、小さい。物足りないから鹿《しか》くらい大きいの、食いたい！」

「ただ、この辺りに残っている獲物は足が速くて捕まえにくいのが難点か」

「ぐぬぬぅ……」

ジャイアントは不満ありげに唸《うな》る。

小動物は小回りが利《き》くし、瞬発力がある。

狼は人間と同じく、どちらかといえば持久力に長《た》けた生き物なのでウサギや鹿などはなかなかに手ごわい相手だ。

特にこのジャイアントは体格がいいだけに機敏《きびん》な動きはどうも苦手としている。羊のように手頃《てごろ》な大きさで足も速くない相手こそ仕留めやすいのだろう。

「ふふん。あんなやつら、見つけさえすれば追いつける」

反対にイエローは得意げだ。

彼はこの辺りに生息する鹿の類《たぐい》にも負けない俊足らしい。

けれどもここには但《ただ》し書きはつく。

「見つけさえすれば、か」

「むぅ……」

やはりそこがネックらしい。

良い牧草地は人間が放牧場にしてしまったので必然的に草食動物全般が減っている。

ロボたちの巣穴はカランポー側の支流付近にあるため、こうして川沿いを歩いて小動物で小腹を満たすのを日課としていた。

そして、獲物不足のストレスが溜《た》まってくると、危険はあるが牧場に出て家畜を襲うというサイクルを取っているようだ。

「本来ならばこうして支流を歩いていれば、野生動物に出会って腹を満たせていたはず」

シートンは人がこの地に入植する前を想像した。

水は生き物にとって不可欠である。

特にこのカランポー高原は支流周辺を除けば荒野が広がるばかり。必然的に獲物が集まってくるはずだ。

草がなくなれば支流から支流へ砂埃《すなぼこり》を立てて大移動をするアメリカバイソン。その間を埋《う》めるように存在する鹿などの草食獣。

狼としても狩り尽《つ》くせないほどに獲物がいたに違いない。

「ロボは積極的に牧場を襲うわけではなかったのだろうな」

牧場の人々は言っていた。

食うために家畜を襲うなら百歩譲《ゆず》って許せる。だが、時に百頭余りを遊びで食い殺すなんて自然界の動物がすることではない、と。

かつてロボはそのような蛮行《ばんこう》を働いている。なにか理由があったのだろうか。

——あの知恵。あの体格。

——そうだ、彼らは悪魔なんだ。

理解ができなかった人々は、そんな結論に行きついていたこともあった。

ビリー・ザ・キッド以上の賞金がかかっているからには真実も混ざっているのだろうが、彼らの生活を間近に見るとやるせない気持ちになってしまう。

彼らが悪魔のような存在かと言えば、やはり違うとしか思えない。

（……彼らを死なせたのが罪。知れば知るほど、そう思えてくるな）

ロボを捕獲《ほかく》したときは気付けなかった。

年月を経《へ》て、彼らをより知っていくほどに、自分がしたことの意味を痛感したものだ。

「だからこそ私が変えないといけない」

それが望みでもあるし、天命でもあるとシートンは考えている。

「む。人のニオイか？」

物思いにふけっていたそのとき、風が吹きつけた。

そこに乗ったニオイに気づかなかった者はいない。群れはぴたりと足を止めた。

「怪しい。一つ、二つ……無数にいる」

「たくさんの人間、音も立ててる？」

みんなが同じ方向を見て、ぴんと耳を立てている。

人間のニオイが数人分程度だったら気にも留めなかったかもしれないが、かなりたくさん集まっているようだ。

狼たちはより入念に嗅ぎ分けることで精査していく。

「草食獣の死骸《しがい》に、赤土のニオイ。そうか。これはもしや……？」

彼らには依然として正体が摑《つか》めていないようだが、シートンには思い当たるものがある。

クレイトンの街にはなかったこのニオイ、恐らく間違いはないだろう。

「ロボ。これはきっと――」

シートンは伝えようとしたのだが、彼は顔を背《そむ》けた。

ロボは正体を求め、群れを率《ひき》いて歩きはじめる。

「まあ、問題はないか」

自分で確かめるのもリーダーの務《つと》めだ。

だからこそ先に答えを伝えるのは野暮《やぼ》なのだ。


ロボについていくと、荒野の先に集落が見えてきた。

そこにあるのは西部劇の街並みではない。

建築様式は一様で、日干《ひぼ》しレンガに赤土を撫《な》でつけて作られた四角い住居ばかりが並んでいる。

シートンはその正体を知っていた。

これはアドベと呼ばれるレンガを用いた、アメリカ先住民の伝統建築だ。

つまり、ここはクレイトンのような入植者の街ではなく、先住民の集落である。

けれども狼たちは人に違いがあるなんて知らない。

――あそこに人間の縄張りが見える。

雄《おす》も雌《めす》も子も入り乱れて妙な仕草をしている。

威嚇でもないのに物まで使って大きな音を立てている。

そんな風に映っているはずだ。

凝視《ぎょうし》したり、耳や鼻を総動員したり、首を傾《かし》げたり。シートンは彼らの反応を見てひそかに和《なご》んでいた。

「バイソンの死骸を被《かぶ》っている？」

「人間、たくさん集まってなにをしている？」

「楽器を打ち鳴らし、アメリカバイソンの毛皮を被った人間たちがステップを踏《ふ》んでいるな。二人にはあれが奇妙に見えるのかい？」

「人間の振る舞いはいつも変。シートンもだ」

「あれ、求愛？　でも、雄と雌の組み合わせじゃない……」

楽器もダンスも、それらをまとめた文化もイエローとジャイアントには難しいようだ。

まあ、人も行動学として動物の仕草について研究するくらいなのだからお互い様だろうか。

「人は求愛以外でも踊《おど》ることがあるんだよ」

「よくわからない。でも、ああいう奇妙なことをしたあとはいつもと違うことが起こる。父が警戒《けいかい》するのも不思議じゃない」

「確かに特殊《とくしゅ》な出来事の前触れであることは多いかもしれないな」

シートンは少しばかり目を丸くした。

彼らは詳細までは察していなくとも、自分たちに関《かか》わる範囲で正しく認識しているようだ。

「この地域の先住民は確かプエブロ族だったか。彼らは基本的に農耕民族だが、時折アメリカバイソンを狩る。あのダンスには死者を生き返らせるという伝説があり、バイソンを狩るときにはあれを踊って自然との共存を示したんだ」

「生き返る？」

「バイソンが増えてまた食える？」

「ああ。狩った分だけよみがえってもらって、ずっとこの関係を続けていきたいっていうお願いと言えるかな」

開拓者と違い、この土地で生きている彼らには自然と共存するための文化が根を張っているのだと感動したものだ。

シートンはそこでふと気づく。

狼も先住民も、生活の糧《かて》だった動物を奪われたという点では同じではないだろうか？

一頭殺せば、一人を殺したと思え。

この時代、それは隠れた標語のようなものだった。

草原を黒く染めるほどいたアメリカバイソンが絶滅の危機に瀕《ひん》したのも、開拓の邪《じゃ》魔《ま》になる先住民の糧だから奪ってしまえという背景があったからこそである。

「……私は、ここにいるだけでいいんだろうか？」

死んでもクレイトンの宿に戻され、体には人狼化する呪《のろ》いがかかっている。

最も記憶に残り、狼という共通点もあったからこそロボを救うのがゴールだと思っていたが、どうなのだろう？

時代の犠《ぎ》牲《せい》者《しゃ》はあの場にもいる気がしてならない。

「ウォフッ」

シートンがまた思考の海に沈んでいたところ、鳴き声で呼び覚《さ》まされた。

見ればロボたちは向きを変え、元の川沿いに戻ろうとしている。

「す、すまない。獲物探しに戻ろう。私も頑張って君たちの糧を見つける！」

それで少しでも彼らが牧場にかける迷惑が減れば変わるものもあるはずだ。


そう考えて小一時間も行動を共にしたとき、シートンは腕にむず痒《がゆ》さを覚えた。

「これはマズい」

人狼化が解ける兆《きざ》しだ。

このむず痒さと共に毛皮は人の皮膚《ひふ》に戻り、三十分もすれば完全に人の姿になってしまうのである。

「なにがきっかけで変化するかもわからず、次に変身するまでは一時間のときもあれば半日のときもある。人とも狼とも一緒に居続けられないのは不便だな……」

紙で指を切ったり、猫に驚いたり、月を見上げたり。

そういうもっともらしい条件ではなく勝手に変化が始まるのだから困ってしまう。

いつかはこの変化も自力でコントロールできる日が来るのだろうか。

「すまない、ロボ。今日はここまでで帰らせてもらう」

限られた時間だけ群れに交《まじ》わり、勝手に帰っていく。彼らにとって、シートンは不審者極まりないことだろう。

だが、それを咎《とが》められることはなかった。

――そうか。勝手にしろ。

ロボはそう言うかのようにちらと一瞥《いちべつ》だけくれると、行動を再開した。

そうしてシートンが立ち止まっていると、イエローとジャイアントの二頭は膝裏《ひざうら》にごつりと頭をぶつけてくる。

「また群れから離れる？　よくない」

「今日はまだ大物を見つけていないのにどこに行く？」

二頭は周りをぐるぐる回ったり、手を引くように甘噛みをしてきたりと気にしてくれていた。

「すまない。獲物が見つかるまで一緒にいられればよかったんだが……」

二頭の思いやりに感謝しつつ、シートンは振り返りもしないロボの後ろ姿を見る。

あれくらいが威厳ある王として姿なのだろう。

「また来るよ」

シートンは川沿いを歩く彼らを見送る。

「また来る、か」

何気なく自分で呟《つぶや》いた言葉を反芻《はんすう》する。

いいものだ。

彼らは静かに存在を脅《おびや》かされ、未来では消え去ってしまいそうになっている。

それでもまだ明日があるのは確かなのだ。

今ならまだ未来を変えていけるという実感がある。

「一つずつ変えていかないといけないな」

シートンは温かな思いを胸に牧場への帰路につくのだった。

□

日が落ちてからは一段と冷えが増すものだ。

豊かな毛皮に包まれているときは寒さなど感じなかったのに、人に戻れば今が冬間近の季節だと痛感する。

シートンはストーブに薪《まき》をくべると、震えながら着替えた。

「この服も寿命だが……縫《ぬ》ってなんとか誤魔化《ごまか》すしかないな」

服を掲《かか》げると、布地は綺麗《きれい》でも縫《ぬ》い合わせがほつれかけているのがよくわかる。

ここに来るときはウエスタンスタイルで統一して身綺麗にしていたというのに、服はもうどれもこんな感じだ。

「人狼化で体躯《たいく》が膨《ふく》れてしまうのがなんとも辛《つら》い」

手足でも背でも、突然に変化が始まると着替えが間に合わないときがある。

食事は牧場持ちだから滞在費がほぼかからないとはいえ、替えの服代だけで手持ちがなくなりかねない。

やれやれと息を吐いていたとき、窓の外に明かりがちらついた。

見ればランプを持ったカウボーイ・ジムが牧場から歩いてくる。

夜闇《よやみ》でよく見えないが、彼とは久しぶりに会ったかもしれない。

「こんな夜分に一体どうしたんです？」

「シートンさん。あんた、このひと月なにをやっていたんだ！」

「それはもちろん……。ああ、しまった」

言いかけて、シートンは天を仰《あお》いだ。

食事は牧場の世話になっているとはいえ、人狼化の影響で生活が不規則になった結果、彼らと朝昼晩に顔を合わせるという機会がめっきり減っていた。

牧場の食料をもらいながらも、いつも一人でふらふらとしており、牧場関係者はなにをしているのか詳細を知らない。

　こんな状態では無駄飯食らいと指を差されても仕方がないだろう。

　とはいえ、ロボの巣穴まで見つけて交流しているなんて伝えられるわけもなかった。

「具体的には言いにくいが、私はロボたちの行動を追っていたんだ。信じてもらいたい」

　シートンは形だけでも弁明しようと身振り手振りに熱を入れる。

　しかしジムは腕を組み、冷ややかに見てくるだけだ。

「そいつを説明できるのかい？」

「もちろん。それで得たものなら説明できる。彼らは――」

「おっと、待ってくれませんかね。それなら俺《おれ》がここで聞いたって二度手間ってもんです。親方たちの前でやってほしいんですが」

「親方たち？　それはまさか……」

　一か月という期間の意味を失念していたかもしれない。

　一回目の人生ではロボの捕獲に三か月かかったものの、常に彼らと行動を共にしていた。その努力は彼らと共有し、理解を得ていたはずだ。

　それがないとなれば彼らは従来通り、自分たちで動くだろう。

「ジムさん。もしや牧場の親方は新たに狼対策を始めようとしていますか？」

牧場の管理を任せられている親方は利益を上げなければ評価されない。

オーナーが呼び込んできた人間が使えないともなれば『狼王ロボ』に記した通り、様々なハンターを呼んでくるはずだ。

問うてみると、ジムは頷《うなず》く。

「ええ、そうです。あんたが頼りにならないもんだから罠《わな》会社から人を呼びましてね、近隣の牧場主と一緒に商談を受けているんです。酒を飲みながらなもんだから、シートンさんはなにをしているんだとどやされまして」

「それは申し訳ない……」

半《なか》ば世話係の位置づけになった彼はあれこれと言われ続けたはずだ。

それに対してシートンは素直に頭を下げた。

だが、彼は大して腹立たしくはないのか軽く済ませてくれる。

「まあ、いいですよ。シートンさんにもらったハッカ油のおかげで快眠でしてね、今回は大目に見ます」

「役に立ったようでなによりです。そして、恩に着ます」

これから寒さが増すし、食料も減ってくる。そうなればつまみを狙って家屋に潜《もぐ》り込むネズミはさらに増えるだろうという考えから、ハッカ油を渡していたのだ。推測は見事に的中したらしい。

そんな雑談を挟んでいる間に到着だ。

牧場の食堂には明かりが灯《とも》っており、テーブル席には中年の牧場主たちが座っている。

彼らが溜めた鬱憤《うっぷん》はテーブルに積み上げられた酒瓶と煙草《たばこ》の数が表していた。

人数は親方たち三人と、この辺りでは珍《めず》しく正装の男が一人。

彼が罠会社の人物なのだろう。

「ジム。今日は珍しく見つかったのか？」

「ええ。そんで、シートンさんはひと月の成果を説明してくれるそうで」

「ほう？」

親方の反応は先ほどのジムよりも冷たい。

彼はイスにどっぷりと腰をかけたまま続ける。

「その話がせめて狼退治に少しでも役に立てばいいんだが、そうでないなら、もうカナダに帰ってもいいんだぞ、シートン君？」

ふーっと紫煙を噴きかけられる。

このようなニオイこそ群れに馴染《なじ》む際の障害になるので非常に迷惑なのだが、シートンは表情にも出さないように耐《た》えていた。

「罠というのは賢明でないでしょう。すでにジムさんに説明しましたが、私には狼と争っても問題が早く解決するとは思えません」

「やはりそう来たか。確かにもっともらしいが、こちらの方がそれはないと教えてくれたよ」

眉間《みけん》に深く皺《しわ》を刻《きざ》んだ親方はセールスマンに視線を向けた。

彼はわざわざシートンに握手まで求めたあと、余裕たっぷりに話しはじめる。

「ええ。シートンさんの話では、ハンターや罠を駆使《くし》しても狼を駆逐《くちく》するのに六十年はかかるとのことでしたか。しかし、当社の実績からすると見解が違います。罠は常に開発を続けており、無味無臭かつ遅効性の毒餌《どくえ》などは成果を上げています」

言葉こそは丁寧《ていねい》だが、セールスマンの口上はシートンをせせら笑うようだ。

彼の説明を聞いた親方は眉間にさらに皺を寄せた。

「そういうことだ。いいかね、シートン君。私は大統領じゃない。合衆国全土の狼を相手にする必要はないんだよ。このフィッツランドルフ牧場に足を踏み入れる狼さえ退治できればそれでよくてね」

「いや、それはっ……」

「なにか問題でも？」

言いかけて、シートンは口をつぐんだ。

やはり開拓精神を持ってアメリカにやってきた人間の多くはこうだ。狼を救うために不利益をガマンしようという考えにはなかなか至らない。

そんな相手に獲物が少なくて困っているロボたちのことを伝えても、それがどうしたで終わってしまうだろう。

「ふむ……」

元より下がりきっていた人物評価は、底値に届きそうだった。

灰がたまった煙草を口から離し、灰皿に押しつけようとするこの瞬間こそ査定の最終局面といったところか。

ああだこうだと弁明する暇《ひま》はない。

「一つ、考えがあります」

「ほう？」

待ってくださいという懇願《こんがん》でもない。

シートンが声を絞り出すと、親方は話を切り上げずに見つめてきた。

(彼らに妥協《だきょう》させるのは無理だ。私が状況を変えなければなにも変わらない……！)

深呼吸をして気持ちを整えたシートンは前を見据《みす》える。

親方と、セールスマン。

二人が納得する案でなければ意味はないだろう。

「私はロボたちを観察してきました。彼らは常に牧場を襲うわけではありません。水場となる支流近くに巣穴を作り、その周辺で小動物を狩っているんです」

「おお。なんだ、いい話を知っているじゃないか！　では、いっそハンターをそこにけしかけるか、巣にダイナマイトでもしかけてしまえばいいな！」

「それはお勧《すす》めしません」

「なに？」

「この夏にキャロンという人がまさにそうしようとして失敗しているんです。巣に近付けば敏感に察して姿を消し、罠を仕掛ければ察知して避ける。猟銃の弾すら高価なんですから、それでは親方の懐《ふところ》を痛めるだけでしょう」

豆鉄砲でも食らったかのような顔になった親方はジムを見た。

普段からカウボーイとして走り回る彼の方がこういった話は詳しい。

「そうなのか、ジム？」

「キャロンとラロシュでしたか。毒でもロボを仕留められず、ヤケになってダイナマイトに手を出したけれど、それでもロボには全部を看破されたってんで酒場でも話題になっていましたね」

あくまでこれは中立的な意見だ。

彼が口にすると同じ話に聞き覚えがあったのか、同席している牧場主が頷く。

「あれか。確かに聞いた覚えがある」

「だから悪魔が知恵を授けたとかいう噂《うわさ》まで出て、悪魔払いも来たんだったか。もちろん、怪しげな儀式で失敗もしていたがな！」

「どうやらみなさんもご存知《ぞんじ》のようですね」

これも『狼王ロボ』に記したことだ。

けれども、親方はそんなこと知る由もない。後退した額《ひたい》をぺしりと叩《たた》き、してやられた顔を見せた。

「なんだ、シートン君。存外、ちゃんと調べているじゃないか。それで、君はどんな案を出そうというんだね？」

「直接狙《ねら》うのではなく、彼らの生活圏に罠をしかけましょう。ロボは賢いのでやはり看破されるかもしれませんが、徐々に巣の近くまで人の手が及べば、賢いが故に衝突を避け、逃げる可能性があります。そうなれば親方が言った通り、この牧場を困らせる狼はいなくなるのではないですか？」

「なるほど。それならば罠が成功しても当然いいわけですし、確かにいいアイデアかもしれません！」

セールスマンを懐柔《かいじゅう》するのは簡単だ。

彼らは商品を売りたいのだから、それに沿った意見を言えばいい。

シートンの目的は別にある。

（彼らがどうしても狼と対決してこの地を譲らないというなら、ロボたちを逃がしても問題ない空気にさえなっていればいい！）

ただ、親方や牧場主からの悪意が未《いま》だ消えきっていないのは気になった。野獣の性《さが》は傷や敵といったものに敏感なのか、心がざわついている。

（ロボたちもこんな気分だったのかもな……）

牧場では自然界ではありえないほど牛や羊が群れている上、囲いがあるので逃げられる範囲は限られる。

一頭を仕留めたら群れはパニックに陥《おちい》るし、人間の縄張りなので騒ぎでいつ敵が増えるかわからない。

悪意に囲まれ、直接襲われる脅威に晒されては、身を守るためにも、騒ぎを鎮圧するためにも、目の前で騒ぐ獲物は全《すべ》て噛み殺してしまうのが安全への近道となるときだってあるだろう。

強い生き物にも思えるが、彼らとて生きるためにはなりふり構っていられないのだ。

シートンは今、それと似た心地を――。

「……い。おい、シートン君？」

「あっ、はい⁉」

「顔色が悪いが、大丈夫かね？」

この食堂と人に、牧場と家畜の影が重なるかのようだった。

シートンの理性は気付かぬ間に飛びかけていたのかもしれない。

「だっ、大丈、夫です……」

「そ、そうか。ならいいんだが」

絞り出すように答える。

シートンは額に浮かんでいた脂汗《あぶらあせ》を拭《ぬぐ》い、表情を取り繕《つくろ》う。

「すみません、荒野に出ずっぱりだったもので。それで、どのような話でしたか？」

「君の話はよくわかった。後日、罠と毒餌が届き次第《しだい》、君の指示で設置をしていく。

そういうことで問題ないか？」

「大丈夫です」

「これだけのことを調べられるんだ。せめてもう少しだけ進捗《しんちょく》でも伝えてくれたら私も誤解をせずに済んだよ。今日は体調が悪そうだから、日を改めて食事でもしようじゃないか」

「ええ、ぜひ。では、すみませんが先に休ませてもらいます」

親方と握手を交《か》わしたあと、シートンはすぐに小屋へと戻っていった。

人狼化の兆候を感じたわけではない。

もっと別の危機を感じたのだ。

「セールスマンは牧場に罠を売り歩くのに、まさか現物を手近に用意することなく訪問するなんて馬鹿なことはしないはずだ。親方の言う後日なんてすぐにやってきてしまうに違いない！」

できるだけ早く動くべきだろう。

そう判断したからにはすぐに人狼に変じてロボたちの巣穴に向かいたいところだった。

だが、シートンは思う通りに変わることができない。

「こんなとき、どうやったら人狼になるのかわかっていればよかったのに！」

今までコントロールできればとは思っていたが、本気で意識してこなかった。日常生活をしていて人狼と化せばロボたちと交流しようとしか考えてこなかったのである。

小屋へ戻る合間に月を見上げてみたり、小屋についてからはナイフで指をチクリと傷つけてみたりしたが変化はなかった。

「くそっ！」

苛立《いらだ》ちに任せて机を叩《たた》く。

手には痛みが残ったが、それでも変異はなかった。

焦燥感《しょうそうかん》だけが積もってしまう。

「私の後悔はなんだ？　ロボたちを死なせてしまったことだ。結局、自然も動物も救われずに終わっていたことだ！　ここで悩んでいてもなにも解決しない！」

あれでもないこれでもないと視線をさまよわせるのをやめた。

物に頼って変身したことなんてないのだから無駄だ。

「……行こう」

実のところ、変身する確かなあては一つだけある。

「ジムさんに撃たれたときも心が大きく揺らいだからこそ変わったのかもしれない。人の身のままでロボたちの前に立つことを恐れる必要なんかないだろう⁉」

精神の動揺や痛みが鍵《かぎ》になるのなら、極限の状況に追い込まれればいい。

ロボたちに襲われたとしても、それは変身の好機だ。

もしそれで失敗をしたとしてもまた繰り返せばいいだけである。

小屋を出れば迷いは吹っ切れた。

早足から駆け足になり、ロボたちの巣穴へ向かう。

理想を言えば、この決意と共に人狼になれればよかった。

アナグマとコヨーテに会ったときのように、いつの間にか体が変わってくれていたのなら苦労はなかっただろう。

だが、現実は甘くない。

それからシートンは寒空の下、一時間も走った。

体は相も変わらず人のまま。けれども恐れることなく巣穴に近づく。

支流から五百メートルほど離れた卓状台地にできた横穴が彼らの巣だ。

乾いた土壌は一歩踏み締めるごとに音を立てるので、狼からすれば呼び鈴を鳴らされているようなものだろう。

シートンが巣穴を目にしたときにはすでに狼たちが揃《そろ》って外に出て聞き耳を立てていた。

「ロボ、聞いてくれ！　この土地にいる限り、お前たちに平穏はないんだ。牧場のない土地に移って穏やかに暮らす気はないか⁉」

必死に言葉を伝える。

そこには今回は人狼のときに共に過ごした故に、理解してもらえるかもという淡い期待があった。

けれど、返ってきたのは殺意の唸り声だ。

「やはりそうか……」

人間は視線でコミュニケーションを取るが、彼らは違う。

飼い犬が人に目で訴《うった》えかけてくれるのは、彼らが人の文化から学んで歩み寄ってくれただけだ。

彼らが歯を剝《む》き、口角を上げるのは笑顔とは正反対の感情である。

「イエロー、ジャイアントもか……」

ロボとブランカに通じなかったのは仕方がない。

彼ら二頭にも伝わらないとなると人狼化しない限りは絶望的だ。

彼らは放射状に広がりながらにじり寄ってくる。この包囲が視野から外れれば、いつ襲われてもおかしくない。

ここに至ってしまえば逃げるなんて選択肢《せんたくし》はなかった。

ならば、どうする？

「ロボ……。お前には本当になにも通じないのか⁉」

人並みの体軀を持つ灰色の賢狼に問う。

あとは前に進むのみだ。

安易《あんい》に縮まるはずがなかった間を一歩、二歩とつめると、若い狼はたじろいだ。

シートンとロボは一切の邪魔なく対峙《たいじ》する。

大股《おおまた》二歩。

それが間合いだった。

直後、ロボはとてつもないバネで飛びかかり、喉《のど》を狙ってきた。

視界が隠れてしまうほどに大きな口だ。神格化した狼を『大口真神《おおくちのまかみ》』と称する国があるのも頷ける。

気づけば真っ赤な口腔《こうこう》と白い牙《きば》が眼前に迫っており、シートンは間に腕を挟むのがやっとだった。

「ぐうっ⁉」

痛いなんてものではない。

突き刺さった牙は骨をきしませ、引き倒そうとする首の力で肉が裂ける。

「ロボ。私は愚《おろ》かでも、お前に訴えかけ続けるぞ！」

威嚇のように歯を食いしばって耐える。

画家を目指し続けた細腕なんていくら力んでもたかが知れていただろう。だが、この瞬間は天井が消えていた。

込めた力は際限なく膨れ上がり、みちりみちりと布が裂ける音が上がる。

ロボに続いて群れの狼たちが体の節々に牙を立ててきたが、それが肉を裂くことはなかった。

狼の威嚇とは全く異質な声が響く。

それはまさにフランスを震撼《しんかん》させたジェヴォーダンの獣《けもの》のごとき化《ば》け物の咆哮《ほうこう》だっただろう。

身に張り付いた狼たちは軽く振り払っただけで甲高《かんだか》い悲鳴を上げて転がった。

最後まで牙を突き立てているのはやはりロボ一頭だけである。

「ロボ、逃げよう！　この地には私よりよっぽど恐ろしい獣が住み着いてしまった。

群れを連れて穏やかな地に行けばいいじゃないか⁉」

シートンは彼らと似た口で思いを伝える。

それにロボがなびくことはない。

彼に勝《まさ》る体躯の自分が目の前で吠えたというのに震えることすらなかった。

「……どうしてだ。君はどうして退《ひ》いてくれない？」

野生動物は無益な争いは好まない。

戦えば怪我《けが》を負《お》うような相手なら争いを避け、逃げるはずなのだ。

事実、群れの狼たちは震えあがっている。

だというのにロボだけは微塵《みじん》も揺るがない。

硬すぎる地盤をハンマーで叩けば反動で手が痺《しび》れてしまうように、シートンの体からは力が抜け落ちていった。

「そう、か。君は……」

いつの間にか元の体に戻ってしまったシートンはロボに組み伏せられようとしていた。

流血する腕はもう他人のもののように力が入らなくなってきている。

「逃げたところで未来がないとわかっているのか……」

未来ではハイイロオオカミはアメリカ全土から消え失《う》せてしまった。

ならば一体どこに逃げるというのだろう？

どこに逃げようと、それは単なる一時凌《しの》ぎにしかならないのではないか？

シートンはようやくその答えに気づいた。

逃げ続けたところで救いがないのだとわかってしまったあとは栓《せん》が抜けてしまったように力が抜けてしまった。

「ああ、狼王は偉大だな。私はまだ、ただのピエロだった……」

シートンに馬乗りになったロボは、盾《たて》になっていた腕を払いのける。

そして首筋に深く食らいつくことで終止符を打つのだった。

三章　狼《おおかみ》になる人

死という極限の場面のあと、シートンはいつも正反対の静けさの中で目覚《めざ》める。

薄暗い、夜明けの時間だ。

なにもかもに見覚えがあるだけに、状況はすぐに把握《はあく》できた。

「……四度目、だな」

もう驚くことはない。

腕にも首にもロボの牙《きば》が深く食い込んだはずだが傷はない。死んだときと同じ、人《じん》狼《ろう》化した自分がいた。

死に戻ってくるときに人の姿か人狼の姿かを分けるのは、死んだときの姿なのだろうか。

カーテンを開け、机《つくえ》の日誌を確かめる。

今日の日付はやはり一八九三年十月二十二日。クラパム郵便局でジムに会い、牧場に移動する日である。

「これだけ繰り返して失敗続きとは……」

我ながら、ため息が出る。

一度目は『狼王《おおかみおう》ロボ』の通り過ごし、八十六年の天寿《てんじゅ》を全うした。

二度目はジムと口論した末に人狼化し、死んだ。

三度目はロボたちと交流し続けたものの、彼らを逃がしても未来はないのだとロボに教えられた。

「四度目はどうすればいい？　前回の私はどこで間違えていた？」

シートンは考えるものの、思考がまとまらない。

「そもそもこうして苦しむことこそ、神の思《おぼ》し召《め》しなのではないか？　ジャンヌ・ダルクのように啓示《けいじ》でも与えられていればどんなによかっただろう……」

少なくとも今のように悩むことはなく、目標に進むための道筋を考えていけたはずだ。

「私は母ほどに敬虔《けいけん》な信徒でなかったから見放されたのだろうか。だとすればどうすればいい……？」

誰かが答えを与えてくれるわけではないのだ。

シートンはつまらないことから複雑なことまで思索を続けていく。

そしてある答えが思い浮かんだ。

「……いっそ、彼らのためだけに生きてみようか」

あまりにも極端かもしれない。だが、目から鱗《うろこ》が落ちた気分だ。

そんな答えを出すに足《た》る理由もある。

「一度目の私の人生は、ロボとブランカのおかげで大きく変わった。動物記と講演だけで生涯《しょうがい》の収入になった。彼らの命が私の人生を支えてくれたのだから、逆をしたってておかしいことではない」

どちらかといえば、今までが甘い覚悟《かくご》だったのかもしれない。

こんな姿となったのなら彼らの群れの一員になり、尽《つ》くすつもりでもいいのではないだろうか。

「私は、中途半端《はんぱ》だったのか」

シートンは部屋の入り口に目を向ける。

そこに置かれた荷物——猟銃《りょうじゅう》。

そんなものを手にしたまま彼らのもとに行くのに、本気で全《すべ》てを捧《ささ》げたとは言えないだろう。

知らず知らずのうちに諦《あきら》めていた選択肢《せんたくし》は多かったのかもしれない。

「行こう。今すぐに」

荷物はきっと未練だ。

うだうだと再考するのも情けなさの表れに違いない。

これを諦めて走るくらいでこそ、本当に自分を追い込むことができる。

「ははっ。なんだ、道筋は整っていたんじゃないか」

これに気づかなかったなんて過去の自分はやはり目が節穴だった。

そうして窓枠に手をかけたとき、シートンはふと思いとどまる。

「……いや、しかし一つだけすべきことがあったな」

立つ鳥跡を濁《にご》さず。

いくら人の世を離れようとしているからといって、目に見えているトラブルを放置していくのはよくない。

シートンはペンを取ると、日誌に書き置きを残した。

気がかりは宿と牧場のことだ。

近場にも銀行はないだろうからと手持ちの金は月給ほどもある。それくらいあれば女主人も融通《ゆうずう》を利《き》かせてくれるかもしれない。

彼女に頼みたいのはフィッツランドルフ牧場あての伝言だ。ついでにジムへネズミ除《よ》けのハッカ油を送ってほしいと記した。

女主人がこれをそのままやってくれるかはわからない。

だが、全てを放り出すよりは気が晴れる。

「これでもう、思い残すことはない」

シートンは緊張で胸が重くなるなか、大きく深呼吸をした。

これから人としての生き方を捨てるというのだから、海外留学を決意したときとも質が違う緊張が押し寄せてくる。

どうすれば踏ん切りがつくだろう?

こういうときはきっと本能に任せればいい。

三度目の人生でロボたちに初遭遇したあとに叫《さけ》んだときと同じだ。

今から行くぞと、あのように叫びを上げて伝えたい。

「私はすっかり狼王に魅《み》せ《せ》られているんだな」

うずうずとした感覚に急かされ、シートンは溜《た》まったものを咆哮《ほうこう》として解放した。

突然、獣《けもの》の大絶叫《だいぜっきょう》が響いたのだ。なにもないわけがない。

「な、なんだ!?」

「こんな街中で狼か⁉」

寝ぼけていた住人が飛び起きる。

朝食を迎《むか》えていた人々が食器やコーヒーを落とす。

馬車馬がいななき、暴走する。

そんな混乱の最中にシートンは窓から飛び出した。

通りに突き出た軒《のき》から隣家の屋根に飛び乗り、街の外へと一直線に向かう。

街に紛《まぎ》れ込んだ猿とは桁違《けたちが》いに大きな姿だ。見上げる人々は距離が開いていくにもかかわらず悲鳴を上げていた。

シートンはそんな騒ぎも掻《か》っ切り、荒野へと走り抜けたのだった。


「さて、これからどうしたものか……」

思うがままに行動するのはそれこそ短慮《たんりょ》というものだ。

ロボに会うのが目的ではあるが、すぐに行けばいいわけではない。

動物は昼行性か夜行性のどちらかとよく思われているが間違いだ。明け方と夕方に活動する薄明薄暮性《はくめいはくぼ》というのもある。

狼がどういう生活リズムになるのかは住んでいる地域の気温や、狙《ねら》う獲物《えもの》の活動時間によって変わっていく。

「ロボの群れは薄明薄暮性だ。これを知っているのも今まで行動を共にしたおかげではあるが、日暮れまでどうやって過ごすべきだろう」

今は朝なのでこれから会いに行ってもロボたちは寝てしまう。

「とりあえず巣穴近くに移動して休むほかにないか」

そんなことを考えていたとき、シートンはあるものを目にした。

「あれはもしや？」

かなり遠方なのでシルエットが不確かだ。

胴長短足の動物と、イヌ科の動物の二頭組ということだけはわかる。

狼とコヨーテは雑種が生まれるほど近種で、大型犬と中型犬くらいの差しかない。それこそ狼の雌《めす》とコヨーテの雄《おす》なら体格も同じくらいになる上、毛色は様々だ。どっちがどっちと見分けにくい。

しかし判別する方法はある。

「そうだ、尻《しり》を見よう。尻を」

聞く者がいれば誤解を受けそうだが、ちゃんと理由がある。

肝心《かんじん》なのは彼らが走るときの尻尾《しっぽ》だ。

「下げて走っているからコヨーテか」

顔つきと同じく、尻尾の付き方と尻の筋肉には個性が出る。

その盛り上がり加減を見れば脚力もわかるということで、牛や馬ではよく注目される部位だ。

それと似たものが狼とコヨーテにも表れているのだろう。彼らは同じイヌ科でも生活の違いからか走る際の尻尾に差が出るのだ。

そしてこの時間、この場所で出会うアナグマとコヨーテとくれば三度目の人生で出会った彼らかもしれない。

時間は余っているのだから話してみたいところだ。

「コヨーテの鳴き声は少し甲高《かんだか》めだったはず」

突然接近しても彼らを怖がらせてしまうので、遠吠《とおぼ》えを上げてこちらの存在をアピールする。

すると、耳をピンと立ててこちらに気づいた。

「さあ、ボディランゲージの番だ！」

イエローやジャイアントに揉《も》まれて鍛《きた》え上げたのだ。同じイヌ科になら伝わるだろう。

犬が遊びに誘うような仕草を時折挟み、敵意がないことを示しながら近づいていく。

それを見るとアナグマは緊張でぴたりと動きを止めた。

おや？　と雰囲気が和《やわ》らぐコヨーテとはやはり反応が違う。

そして彼らは相談するように視線を交《か》わすと自分たちからも近づいてきた。

「お、おい。こいつ本当に大丈夫か？　大きいぞ」

「で、でも、仲間と同じ仕草をしているし……」

「わ、わかった。で、お前はなんの用なんだ？」

彼らも捕食者とはいえ、狼は天敵の部類に入る。いざというときは逃げるという引け腰が見て取れた。

（繰り返しの人生はこういうときがむなしいものだな……）

せっかく築いた仲も傷と同じく綺麗《きれい》さっぱりなくなってしまう。

以前の関係もまた素晴らしかっただけに、繰り返しによる些細《ささい》な変化が惜《お》しく思えた。

温和な人々に囲まれようとも、自分はそこの住人ではないのだと結局は孤独を自覚してしまう旅人の心境かもしれない。

ともあれ、最初のイメージは重要だ。

シートンは刺激しないようになるべくゆっくりの動作を心がけつつ、コヨーテの足に注目した。

「そうか。今ならまだ怪我《けが》をしていないのか」

「け、怪我って？」

「この辺りには人間が仕掛けたトラばさみもあるだろう？」

「そうなの？」

ある。

だからこそコヨーテは引っかかったわけだが、そういう警戒すべき地域とは思っていなかったらしい。

「ほら、牧場の周辺にはトラばさみや毒餌《どくえ》があるかもしれないだろう？」

「そういうのがあるらしいっていうのは知っているけど……」

「そうか。コヨーテは狼より単独行動が多い。仲間が引っかかって学習する機会も少ないのか」

「た、確かにつがいをまだ見つけてないからアナグマと協力しているけどさぁ！」

「すまない。悪く言うつもりはないんだ」

コヨーテ同士ではできない狩りができているのだからこれもまた大いに意味はある。

小さく牙を剝《む》いてきたコヨーテにシートンは謝罪した。

そして、一つ閃《ひらめ》く。

今はちょうど時間が余っているし、彼らは放っておけばまたトラばさみにかかりかねない。そうなれば後味が悪くなるのは確実だ。

とすれば、すべきことは決まった。

「君たちにお願いがある。二人の狩りを見せてもらえないか？　そうしてくれたら私はお礼に人の罠《わな》について教えよう」

「狩り？　そんなの別にいいけど、罠なんか知ってどうなるの？」

「道端に落ちている肉を食べると酷《ひど》い食中毒になったり、地面に大きな牙みたいな金具が隠されていて足を挟《はさ》まれたりするんだ。そのまま死ぬ恐れが大いにあるから、君たちには避けてほしいんだよ」

「そんな怖いものがあるの⁉」

毒餌はストリキニーネなど、人が服用しても死ぬ猛毒がよく使われる。

動物記には書いていないが、近くの牧場では間違えて服用したカウボーイが死ぬ事件すら起こっていたらしい。

トラばさみにしたってペットがかかった際は骨が砕《くだ》け、発見が遅れた際には足を切除するしかなくなるくらいの代物《しろもの》だ。

彼らからすれば捕食者以上に恐ろしい存在である。

（ロボたちに尽くすと決めたのなら、君たちだって守らなければおかしいだろうからな）

簡単なことだったんだ。

この姿を与えられたときから動物の味方をしていればよかった。その方が生前に抱いた後悔を直接払拭《ふっしょく》できたことだろう。

下手に人の身が残っていたからこそ踏《ふ》ん切りがつかなかったのかもしれない。

「――大丈夫だ。私が来たからには、もう君たちを死なせない」

きっと、こんな言葉をかけるべきだったのだ。

シートンはそれを口にすると、胸につかえていたものが消えるのを感じた。

「お、おう。あんた、ヤケに重たいこと言うな？」

「初対面でこんなに言ってくるなんて逆に怖いんだけど……」

ただし、アナグマとコヨーテはより困惑を深めていたのだった。

□

「う、ううむ……寒い。痒《かゆ》い……」

シートンは暗闇《くらやみ》のなか、ぶるりと震えて目を覚ました。

ふかふかの布団を引き寄せて首元まで温もりを求める。

すると、生温かいなにかがべちゃべちゃと顔を撫《な》でた。

思わず顔をしかめたくなるその感触でようやく脳が起きる。抱き寄せたこれは布団《ふとん》ではない。大きな毛皮――ではなく生きた狼だ。

「ぶえっ。ジャイアント、鼻を舐《な》めるのだけはやめてくれ。もういい。起こして悪かった」

相手も寝ぼけ半分だったのだろうか。うとうととした目をしている。
二、三回ほど自分の鼻を舐め上げたあとは息を整えてまた寝ついてしまった。
「やっぱり何十年とベッドで寝起きしてきたから不意に癖《くせ》が出てしまうな」

ここはロボたちの巣穴だ。

穴で仲間が重なり合って寝るために冬でも割と気温は保《たも》たれるのだが、どうしても素肌《すはだ》を晒《さら》していると体が冷えてしまう。

それに、土や虫が皮膚《ひふ》に触れるというのもよくない。

上半身を起こしたシートンは体をポリポリと掻《か》き——脚の痒みが異様に強いことに気づいた。

「これはまさかノミか……？　一昨日《おととい》のウサギ狩りで誰かがくっつけたんだろうか。毛繕《けづくろ》いをしてやればよかった……」

昨日も人狼となって狩りに出て、そのまま群れと一緒に寝たので素っ裸だ。

足にはぽつぽつと赤い斑点《はんてん》ができており、なんらかの虫に刺されたことだけはわかる。

試しに手近にいた狼の毛を掻き分けてみると、毛の奥には黒い砂粒のようなものがついていた。

それを手に取り、唾液を垂らして擦り合わせてみると赤っぽく染まるのがわかる。

「やはりノミの糞《ふん》か」

小動物を狩った際、そこからもらったのかもしれない。

ダニは山野の草の先などで獲物にしがみつき、数日かけて吸血すると自分から落下して産卵する。

一方、ノミは三十分程度で吸血を済ませて隠れてしまうのでこの巣穴自体に隠れている可能性が高い。

放っておけば今晩もまた被害に遭《あ》うだろう。

「これは巣穴を燻《いぶ》さなければならないな」

そんなことをすればなにをしているんだとロボが理不尽《りふじん》に噛《か》んできて、結局は巣穴を再利用することもなく移住する羽目《はめ》になるだろう。

だが、やらないわけにはいかない。

「これも臣下の務《つと》めだな……」

人として狼王に仕《つか》えるというのも悩み多きものだ。

「せめて私の肌も人狼のときのように強ければいいのだが」

人狼のときと違い、人間時の肌は変わらずに敏感だ。

ノミやダニは我慢《がまん》をして付き合える相手ではないし、定期的にに水浴びをしなければ辛《つら》いし、ぼろでもまとわなければ植物が擦《こす》れただけでも傷ついて生活がままならない。

――そう。

シートンは今、人間の姿のままロボたちの巣穴で暮らしている。

「いやはや。人狼《ルーガルー》でもあり、狼の群れで暮らす人でもあるとはますます人の理解に及ばないだろうな」

人である狼で、狼である人とも言える。

言葉遊びのようだが、そんな二面性を持つことが今では誇らしい。

シートンは感慨深くなって顎《あご》を揉む。

伸び続けたひげは手で握れるほどになっていた。

冬を二度越して夏を迎えたのでシートンが人から離れて一年半にもなる。

ひげだけではなく、体にたくさんの瘢痕《はんこん》が刻《きざ》まれたのも変化の一つだ。

「君たちの寝顔はかわいいのだが、ここまで来るのにどれだけ苦労したことか」

人の姿で群れに加わるというのはハードルが高く、当初は襲われもした。

危機が迫った際に人狼化するという力がなければ何度命を落としていただろう？

そこからは根気と熱意の勝負だが、シートンが劣《おと》ることはない。群れの最下位であるオメガとして振るまい続け、遂《つい》には人間の姿のままでも受け入れられるに至ったのだ。

「ロボ。ブランカ。イエロー。ジャイアント。そして次世代の子供たち。群れが少し大きくなってきたな」

人間という天敵がいるのにこれだけの群れを維持《いじ》できる例はそうないだろう。

牧場はひと月目で罠会社から人を呼び寄せ、様々な罠を仕掛けてきた。けれどもロボとシートンが揃《そろ》えば通じるわけがない。

そしてシートンの知恵を活《い》かしてなるべく牧場は襲わず、野生動物を狩るようにしていた。

そんな生活を続けて三か月――。

一度目の人生でロボとブランカを捕らえた運命の日を乗り越えた頃《ころ》には牧場も諦《あきら》め、ロボの縄張りとしてこの辺りを空白地域にしてくれた。

おかげで獲物になる大型草食獣も増え、子供がつがいを求めて旅立ったり、新たに一代増えたりという余裕までできている。

彼らの営《いとな》みが不自由なく続き、穏《おだ》やかに巣穴で寝ているこの光景こそ、守るべきものを守れた証《あかし》ではなかろうか?

シートンとしては心温まりながらこの光景を見つめていた。

「さて。洗っていた服にでも着がえよう」

積み重なっている狼たちを踏《ふ》まないように巣穴を抜け、大きく伸びをして朝の空気を取り込む。

今は八月の夏真っ盛りだ。

といってもニューメキシコ州は標高が高いので涼しい風を得ることができる。

また、乾燥地帯ではあるものの、夏には多少の雨が降る。

比較的短時間の激しい雷雨で洪水となることだって十年に数回は起こるようで、一週間ほど前にもそういうことが起こったくらいだ。

昨日の狩りはそんな集中豪雨によって巣がダメになり、宿なしとなったウサギを狙った。

しかし、それからの天気は乾燥地帯らしいものだった。

洗濯物《せんたくもの》なんて一夜もあれば気持ちよく仕上がっていることだろう。

「ああ、なんてことだ……」

シートンは近くの木の枝で干《ほ》していた服を見て肩を落とす。

彼の思惑《おもわく》は外れた。

原因は木だ。

乾燥地帯故に生えている木は背丈《せたけ》が低いものばかりなので、子供たちでも口が届いたらしい。

木から落としたあとは引っ張りあいのおもちゃにしたようだ。

遊び盛りの大型犬二頭がただの布を奪い合えばどうなるか。惨状《さんじょう》は敢《あ》えて言うまでもない。

「仕方ない。また拝借《はいしゃく》に行くとしよう」

イエローには見咎《みとが》められるものの、シートンの一人歩きはまだ続いている。

なにせ人の睡眠時間は七時間前後で、狼は十二時間程度。

ずっとは寝ていられないし、人の身で狼の生活に合わせるにはいろいろと準備も必要なのだ。

服に関しては作るのも難しいこともあり、結局は人との関係を断ち切れていない。

「街で買い揃えたい気もするが、水浴びをしてひげや髪も整えないと浮浪者と思われかねないからな。いっそ、先住民と取引する方がいいだろうか？」

そんなことを考えたあと、シートンは集中する。

これまでの歳月のおかげで人狼化に関してはコツが摑《つか》めてきた。

一日の限界時間は相変わらずまちまちだが、一度変身すれば次に変身するまでは一時間のクールタイムを要する。

加えて怪我などによって精神的に動揺していたり、前回の変身から時間が経《た》っていたりすると意図せずに変わりやすいといった条件もあるようだ。

今ではある程度自分の意思で変わることができるので、馬に代わる移動手段として活用している。

そうして牧場もある草原地帯を走っていたところ、見慣れた姿を見つけた。

「コヨーテか。今日も狩りに精を出しているようだな」

前屈《まえかが》みになって真剣に地面を見つめているのは、小動物の巣穴を覗《のぞ》き込んでいるからに違いない。

直後、動きに転じた彼はウサギを捕まえていた。

それから少しすると獲物《えもの》を咥《くわ》えたアナグマも巣穴から這《は》い出てきた。

意外なことに彼らの相棒関係もまた一年半が経過しても続いている。

「おはよう、二人とも。狩りは順調みたいだな」

「シートン！　順調も順調。最近はジリスもウサギもたくさん増えて狩りが楽で仕方ないくらいだ」

「おや、そうなのか？」

アナグマの話は少し意外だ。

畑に穴を開けるモグラが嫌われるように、牛や馬が転倒する原因となるジリスやウサギなどの小動物は牧場にとっての害獣だ。

狼と同じく駆除《くじょ》されることが多いので増えすぎるというのは珍《めずら》しい。

「それにしても、君たちは良いコンビとはいえそろそろつがいを見つけた方がいいんじゃないのか?」

獲物に食いついていたコヨーテは急に喉《のど》を通らなくなったらしい。シートンを見上げてきた。

「だって相手が全然いないんだもん!」

「そうそう。オイラも仲間をあんまり見なくてさぁ。こーんなに獲物が溢《あふ》れているのにおかしいと思わない?」

彼らにとっての一年は人よりもずっと重みがある。

アナグマとコヨーテという異種の協力関係は確かに素晴らしい。

だがこれは臨時のタッグという意味合いの方が強い。実際はアナグマの狩りにコヨーテが便乗する程度の関係がほとんどだろう。

二人の仲はお互いが若くて柔軟性があった上、つがいがいなかったからこそだ。

「ふむ。獲物がいるのに捕食者がいない、か。たまには君たちも縄張りの外に出れば違ったものが見えるかもしれないな。ひとまず今日は野暮《やぼ》用があるから、なにかがあったら私が見たものを教えよう」

「おお、助かる！」

「ありがとう！」

シートンは二頭と別れると、また走り出した。

目的地までの最短距離には起伏があるのだが、疲れ知らずの体ならば駆け上ってしまう方が早い。

広い荒野と、天に伸びる卓状台地。

この赤茶けた台地の雄大さは何度見渡してもいいものだ。シートンは休憩《きゅうけい》ついでについ足を止めてしまう。

「む。この異臭……死体か？」

そんなとき、吹き付けた風に乗ったニオイ。

それは腐臭《ふしゅう》だった。

「珍しくないが、こんなに強烈なニオイがするのは妙だな」

小動物の巣穴に足を取られた家畜は、足腰が立たなくなって死ぬこともある。

牛や馬、幌《ほろ》馬車や列車を狙う強盗団が人を殺すこともある。

この一年半、そういう死はちらほら目撃した。

だが、基本的には狼やコヨーテなどの捕食者が綺麗に食べるし、この乾燥地帯でなら内臓がそのまま残っていない限りは腐るよりも乾燥する方が早い。

だからこそ強い腐臭というのはそれだけで異常なものなのだ。

「先日の豪雨で大きな動物が死に、川に流されてきたか？」

浸食《しんしょく》された地形の崩壊《ほうかい》に巻き込まれてということもあるだろう。

「群れのためにも、確かめなければ」

死因は定かではないが、これだけ腐臭がするのなら病原体の塊《かたまり》だ。少なくとも群れは近づけない方がいい。

強烈なニオイなだけに辿《たど》ろうと思えばすぐに見つかった。

だが、予想に反することが二つある。

まず死体が川に流されてきたのではなかった。現場は平原地帯だ。

腐臭の主は家畜でも、強盗団に襲われた人間でもなかった。この地域に生息するごく普通のジリスだ。

ただし、数が尋常《じんじょう》ではない。巣穴単位で全滅しているらしく、死体が散乱している。

腐臭が強烈だった原因はここにあった。

「これはどういうことだ……!?」

ここは乾燥した荒野の一角だ。

放牧場からは遠く離れるため、人が毒をバラまいて殺したとは考えにくい。

では一体どうして死んでいるのだろうか？

「致死《ちし》性の高い病気でも流行《はや》ったのか？」

不明だ。

シートンも動物の病気にまでは詳しくない。

「なんであれ、群れがここに近づくことだけは避けなければ」

ロボもこのニオイに感づき、様子を見に来るかもしれない。

それも危ういが、子狼も心配だ。

順位の低い狼はロボの前に出ると手痛く叱《しか》られるが、一歳未満の子狼だと大目に見られることが多々ある。

彼らが面白半分にくわえたりでもしたらなにが起こるかわからない。

「そうだな。巣穴を燻すためにもマッチを手に入れて燃やしておくのがいいか」

カウボーイはブーツの踵《かかと》に擦らせて着火させたりなど、いかにカッコよく着火するかを競うこともある。

入手自体は難しいことではない。

この場所を念入りに記憶したシートンは場を離れながら何度も振り返った。

理由がわからないからこそ気になるし、こうして広い視野で振り返ることでまた別の発見もあるかもしれないと思ったからだ。

「あれは一体なんだったのか……」

結局、なにも答えが見つからないまま、彼は目的地だった小屋に辿りついた。

そこは廃業した牧場の休憩所だ。

簡素なテーブルが中心にあり、タバコや保存食、着替えなどが置かれていて、カウボーイが仕事の息抜きをするために設置したであろう施設である。

シートンは必要最低限の衣服などをそこから拝借していたのだ。

「おや?」

入り口まで来たとき、違和感に気づく。

ここは荒野だけに砂埃《すなぼこり》は毎日のように吹き付ける場所だ。

まるで長年放っておかれた倉庫の埃のように砂がドアノブやドア前にまぶされているため、人の出入りがあるとくっきりと跡が残る。

「足跡が一人分。しかし、数日前に入ったきりで出入りしている様子ではない……?」

それは妙だ。

こんななにもない場所に来るだけでもおかしいが、真っ当な設備もないのだからその日のうちに出ていってしかるべきだろう。

違和感を覚えたシートンは忍び足で窓に回り、のぞき込む。

汚れと砂埃のせいですりガラスのようにぼやけてしまっているが、シルエットだけは確認することができた。

「人が、倒れている……!?」

フラッシュバックするのは、ジリスたちの死に様だ。

彼らがもし、同じ理由で死んでいるとしたら？

まるで一八九五年に初めて製作されたホラー映画のようだが、そう考えるだけで背筋がぞっとする。

「まさか伝染病か!?」

記憶を辿ってみるものの、この時代、この地域でなにが流行っていたか、まったく覚えがない。

そもそもここに定住していたわけではないのだ。一度目の人生でもロボを捕獲したあとは別の土地に移っていた。

そして『狼王ロボ』をとある雑誌で発表したり、今までのように絵を賞に出して落選したりもしていた。

ただ、順風満帆ではあった。

ロボの話は実に好評だったし、落選した絵は後の大統領となるセオドア・ルーズベルトの目に留まり、複製を依頼されたりするほどだった。

そのときのシートンは人生が動きはじめたことに浮かれ、この土地のことなんてすっかりと頭から抜け落ちていたのだ。

「せめて、この人物の生死だけでも確認しなければ……」

酔い潰《つぶ》れて寝ているだけなんて肩透《かたす》かしもあるだろう。

たとえ病気でも看病をしてやれるし、情報も得られるはずだ。

シートンは戸口に向かうと耳を当て、吐息《といき》が聞こえないかと耳を澄《す》ます。

「聞こえた！」

はあはあと息を切らし、いかにも苦しそうな息だ。生きているのは確かだが、やはりなにかがおかしい。

「君、どうして倒れている？　大丈夫か？」

シートンは今、人狼の状態だ。

そのまま人前に出るわけにいかないという心理も働き、ドア越しに語り掛けていた。

相手の呼吸のリズムが若干《じゃっかん》変わったため、意識があることはわかる。

「だ、誰《だれ》かいるのか？　こんなところにも、来るやつがいるのか……」

寝起きのようなふわふわとした話し方をする男だ。

小屋からは酒臭さは感じないし、悪い予想が当たっているのかもしれない。

荒い息といい、高熱で意識がおぼろげになっている状態と読む方が正しいだろう。

「看病は必要か？　水でも汲《く》んでくるか？　一体なにがあった？」

「なんだぁ、お前……。まさか、知らねえのか？」

「せ、先住民のところで工芸品を買い付けていて知らないんだ。教えてくれ。今の君に関係があることか？」

彼らの言葉を学び、民芸品を酒や甘味と物々交換して生計を立てる者もいる。世俗に疎《うと》くなってしまった分はそれで誤魔化《ごまか》すのが得策だ。

「黒死病《ペスト》だ……。あれが、街で流行って……人から人に移るのが怖くて……。逃げたが、このありさまだ……」

「ペストだって⁉」

耳を疑った。

天然痘《てんねんとう》にスペイン風邪《かぜ》、そしてペストは多くの人が耳にしたことのある病気だろう。

十四世紀のヨーロッパで流行し、人口の四分の一以上が亡くなった。皮膚《ひふ》が黒ずんで見える特徴的な症状から黒死病とも呼ばれ、それ以外にも歴史上で何度か猛威を振るった感染症——そんな教科書的な知識がすぐに脳裏《のうり》をよぎる。

「だが、そんな歴史上の病がこんなところで……」

あまりに突拍子《とっぴょうし》もない話だ。

それほど重大な感染症が流行したのなら、国外にいたとしても一度目の人生のときに自分は耳にしていただろう。

そう思いかけ、シートンははたと止まる
「いや、待て。そうか。あったんだ。この辺りではペストが散発していた。発生することだけなら異常じゃない」

老《お》いてからこの地域に住んでいたとき、ニュースでたまに耳にしていた。

このアメリカ西部のげっ歯類につくノミは病原体を持っている。そのため、野ネズミやペットを介したペストに注意するようにと注意喚起はされていた。

野ネズミはペストに耐性《たいせい》があっても、ほかの動物はそれほどではない。

そのため、先ほどのジリスのような死体が発見されたことからペストが判明し、ニュースで報告されることがある。

ペストは蔓延《まんえん》の仕方が特殊なのだ。

初期はノミに刺された者しかかからないので散発事例になる。怖いのはその死亡率と、病原体を持つノミ、そしてそれを運ぶネズミだ。

問題は次の段階。

感染者が多くなると、まれに病原体によって肺まで冒《おか》される患者が現れる。すると咳《せき》で病原体が飛散してペストが蔓延するようになるのだ。

これは肺ペストと呼ばれ、都市での大流行まで引き起こしかねない。

「ペストが、……流行る街、なんて……、いられるもんじゃない……」

男は途切れ途切れに声を出す。

信じがたい。

少なくともこの男は普段と違い、街から逃げ出したいと思うくらいに恐怖を感じたということだ。

それは単なる散発事例ではないのかもしれない。

未来ではなかったことが起こっているのではないかとシートンは動揺してしまう。

(まさか、私の行動で……？)

些細《ささい》な違いから変わる未来は経験してきた。

ならば、こんなことだって起こってもおかしくないのではと考える自分がいる。

だが彼はすぐ我に返った。

ずりずりと床を這う音が耳に届いたからだ。

「た、頼む……。助けて、くれ……。看病を……！」

「す、すまない。無理だ……。私には、やらなければいけないことがあるんだ……」

応じてやることはできない。

ペストは致死率が三割から九割と言われている。

つまりこれは、二人に一人は死ぬ危険性が近づこうとしているのに等しいのだ。

理解してしまった以上は近づけない。

シートンは銃口を突き付けられたかのように後ずさるしかなかった。

普通の風邪ならばここでできる限りのことをして、街まで薬を取りに行ってやっただろう。瀕死《ひんし》ですがってくる人間の手を打ち払うほど薄情ではない。

しかし今回ばかりは話が違う。

結核《けっかく》やペストという病はシートンが老衰《ろうすい》で亡くなる少し前、一九四四年にストレプトマイシンという抗生物質が開発されるまでは単なる対症療法しかできなかった。

あと五十年は正真正銘、〝死の病〟なのである。

「すまない……。すまないっ。許してくれっ！」

這い寄る音がドアに触れる直前、シートンは駆け出していた。

こんなことになった原因は一体なんなのだろう？

それを知るには街に行くべきなのだが、先程の男は街のペストから逃げてきたと言っていた。

とすれば街に行くのはよくない。

「ペスト自体をもらう可能性もあるし、外部の人間を恐れているはずだ。最悪、顔を見せた瞬間、自警団に撃たれてもおかしくない……」

強盗団対策の自警団もあるこの時代だ。死の病を運ぶかもしれない人間が相手なら、引き金も軽くなることだろう。

ならばどこへ行けばいい？

情報がある程度揃い、ペストが蔓延していなそうな場所とはどこだ？

その答えは先ほどの男にあったかもしれない。

「そうか、牧場だ。住み込みの人間もいるから宿泊施設があり、街から離れているから蓄《たくわ》えもある。従業員の家族くらいは受け入れていてもおかしくない……！」

本来、シートンが向かうはずだったフィッツランドルフ牧場はこの場所からもそう離れてはいない。

シートンは道すがらの似たような廃墟《はいきょ》で服を確保し、牧場への道を急ぐのだった。

□

フィッツランドルフ牧場に近づいたシートンはまず鼻を頼りに様子を探った。

「ひとまず死臭はしないか」

少なからず世話になった人たちがいる場所だ。惨事の兆候《ちょうこう》らしきものはないと知ることができて安堵《あんど》する。

そして人の体に戻ると廃屋《はいおく》で入手した服に着替え、牧場の入り口に向かった。

牧場には家畜の逃走を防ぐための柵《さく》がある。

けれどもそんなに立派なものではないし、基本的に土地はあり余っているので建物の影以外はぐるっと見渡せる配置だ。

だからなのか、牧場名を掲《かか》げたゲートの下には用心棒のような男がいた。

彼は大きな樽《たる》に腰かけ、猟銃を抱きしめたままうとうとと舟をこいでいる。やはり切迫した事態にはなっていないらしい。

シートンは大きく距離を取り、その人物に話しかけた。

「そこの君！　休んでいるところすまないが、少し話を聞いてもらえるか！」

「お、おっと、いけねえ⁉」

この殺風景な荒野だ。

基本的に人の出入りがほぼないのでこうなるのも仕方がない。

慌てて銃を構えられて暴発というのも怖いので、シートンは大声でなんとか声が届くくらいの距離を保っていた。

声の出どころを探す彼に手を振ってアピールするくらいでちょうどいい。

「街では肺ペストが流行して大変だと聞いた。ここもそうなのか教えてくれないか！」

「いいや、ここは大丈夫だ！　だが、素性《すじょう》の知れないあんたを近づけさせるわけにはいかないぞ！」

「必要ない！　ただ、ジム・ベンダーさんと話がしたい。このままの距離でいいから彼と会わせてもらえないか？」

「ジムとか？　わかった。あんた、名前は？」

「アーネスト・トンプソン・シートンだ！」

「なにっ、あんたがか⁉　ちょっと待ってろ」

男はずっと警戒《けいかい》を続けていたというのに名前を聞いた途端《とたん》に様子が変わった。

妙だ。

今回の人生だと、牧場にはロボ捕獲の約束を違《たが》えて申し訳ないと伝言を頼んだだけ。恨《うら》まれこそすれ、好感と思《おぼ》しき反応は見られないはずである。

「一体、なにが起きているんだ……?」

ペストが起きた理由といい、本当に不可解だ。

しばらく待っていると見覚えのあるジムが走ってやってきた。

彼はこの距離を保つどころか、ゲートから歩み出て声を張らないでもいいくらいまでは近づいてくる。

「あんたが約束をすっぽかしたシートンさんか。一年以上が経《た》ってから来るなんてどうした?」

「それは非常に申し訳ない。様々な理由があったんだ……」

「そうか。まあ、とうに過ぎた話だ。それで? 親方じゃなくて俺に話だなんて一体どうしたんだ?」

「実は街で起きているペストのことを聞きたくて来たんだ」

「ああ、それか。うちはあんたのおかげで助かったよ」

「なに。私のおかげ？」

ジムは被《かぶ》っていた帽子を取り、礼儀まで示してくるが全く身に覚えがない。

「よしてくれ。私はロボの捕獲をする約束をすっぽかしただけでなにも……」

「そうなんだが、あんたがくれたネズミ避《よ》けは役に立っていたんだよ。ここにペストがないのもそのおかげだ」

「なんだって？」

確かにハッカ油は伝言に同封してくれと宿の女主人に頼んだ覚えがある。

あれはネズミの忌避剤《きひざい》で、ベッドで晩酌《ばんしゃく》をするなら役に立つだろうと繰り返しの度《たび》に渡していたものだった。

それがどうしてペストを防ぐことになるのだろう？

「あのネズミ避けは俺が使っていたら牧場仲間も気に入ってね。よく使うようになったらこの辺りにはネズミが近寄らなくなったんだよ。そんなときに起こったのが先日の雷雨だ」

「大雨は確かにあったが……」

雷雨。洪水。ネズミ。

それらのキーワードを聞いていたとき、シートンは思い出した。

狼たちと一昨日おこなった狩りはあの雨で巣穴を失ったウサギを狙ったものだったではないか。

ならば、繋《つな》がりそうな気もする。

シートンは今まで体験してきたことを念入りに思い起こそうとしていた。

「オーストラリアなんかでもたまに起きるらしいんだが、急な大雨で洪水が起こると生き物が逃げてくるんだよ。クモとかネズミとかが街や農地に押し寄せることもあってね、まさにそれが起きたんだ」

「そうか。洪水で家を失ったネズミがいろんな場所に行ったからペストが流行ったのか」

ありえなくはないかもしれない。

アメリカ西部にはペストが散発するのだから、偶然が重なればこんなことも起きるだろう。

「親方は罠会社の口車に乗せられて散財するし、ロボに土地を明け渡すことになっちまったけど、街やほかの牧場がペストの被害に遭《あ》っているなかでうちだけ平気なんだから世の中わからんもんです」

ジムは肩を竦《すく》めた。

「そうですか。ひとまず経緯を開けて安心しました」

「これもシートンさんのおかげなんでしょう。もしくはロボのやつでしょうか！」

「いえいえ。ハッカ油がいくらネズミの忌避剤でも、押し寄せるほどの数を防ぐ力はありませんよ。せいぜい嫌がる程度だからこれも偶然――」

シートンは口にしていて、違和感に襲われた。

「偶然、だろうか……。牧場なんてどこも似た条件だ。似通った場所を選ぶはずで、ここにもネズミが押し寄せて当然なのに、どうしてここだけ大丈夫だったんだ……」

「ふうむ。ハッカ油じゃないんですかい？　そういう意味で言えば、あとは違うのはロボがいたかどうかくらいだとは思いますが」

だからと言ってそれが正解だとは思えないのだろう。ジムは苦笑で済ませていた。

けれども、そう言われてシートンのなかでは全てが繋がってしまった。

いや、違う。

全てを繋げてみたら説明がつく、という方が正しいだろうか。

（私とロボがいたから、罠会社の仕掛けは全て無駄に終わった。だが、ほかの土地は？）

シートンが守れたのは自分の手が届く範囲だけだ。

すなわちロボの群れと、アナグマとコヨーテに限られる。

(アナグマやコヨーテはつがいを見つけられていなかったし、獲物が増えたと言っていた。それは、小動物を捕まえる捕食者がほかの地域でいなくなっていたせいだとしたら……?)

毒餌やトラばさみは別に狼に特化した罠ではない。狼ではなくコヨーテがかかることも多々あった。

ロボ用に開発された罠がここで思うような売り上げを上げられなかった結果、ほかの地域で猛威を振るい、牧場に害をなす捕食者が激減してしまったと考えたらどうだろう?

この地域は捕食者が残っていたから、ネズミが増えすぎなかった。

ならば、このペストはなにが原因で引き起こされた?

答えに辿り着いたシートンは口を押さえる。

「そんな、まさか……」

「どうしたんです?」

確証はない。

けれども、自分の行動が原因の一端となってこんな被害が生じたかと思うとシートトンは足元から崩れそうになった。

驚きや怖れによって肝《きも》が冷えるとはよく言った表現だ。

シートンはうすら寒ささえ覚え、ふらついてしまった。

「ああ、そうだ。そういえばシートンさんは今なにをやっているんだい？」

シートンがつい思考に没頭《ぼっとう》していたところ、ジムは別の話を切り出してきた。

彼は気さくな友人のように優しげな顔をしている。

「こうして訪ねてきたんだ。もし街が不安でここに来たんだったらみんなにかけあってみようか？　しばらく離れで生活してもらうことになると思うが、あんただったらみんなも許してくれるだろう」

「い、いや、いいんだ！　ジムさん、話をしてくれてありがとう。疑問は解決したよ。滞在場所に関しても問題はないから失礼する」

「それならいいが……。あんた、馬はいるのか？」

アメリカ大陸のスケール感は半端ではない。移動には馬が必須だ。

けれどもそれをどこかに繋いでいる様子もないのでジムは不審に思ったらしい。

「心配ない。道を歩いていたら途中で拾ってもらう予定なんだよ」

「そ、そうかい。夏の日差しは厳しいんだ。気をつけていけよ？」

「ああ。ありがとう」

となりの牧場だって十キロ以上は離れているような土地だ。

普通はそんな真似《まね》なんてしないのでますますジムは不審に思った様子だ。

けれども、踵《きびす》を返して歩きはじめてしまえばわざわざ追及まではしてこない。

そのまま歩き去ったシートンは牧場が見えなくなってからようやく立ち止まる。

「はあはあ……。しまった、つい歩きすぎていた。そろそろ人狼になれるか……?」

あまりにも衝撃的な可能性だった。

見捨ててしまった人、死んでしまった人などを思うと自責の念に駆られてしまう。

それを否定したくて可能性の追求に没頭するあまり、歩き続けていたことも忘れてしまっていた。

動き続けた影響なのか足が震え、少し眩暈《めまい》までしてしまう。

「……これは本当に疲れだけか?」

標高が高いとはいえ、今は夏だ。最高気温は三十度ほどが続く。

そんな場所で歩き続ければ当然暑いはずなのだが、汗がにじむ割に寒気がしていた。

これは異常だ。

思えば頭痛や倦怠感《けんたいかん》もある気がする。

「まさか、私までペストに？　廃屋の男から感染したにしては早すぎないか……⁉」

注意深くドア越しで接触していたのだ。ありえない。

その前に目撃したジリスの死骸にしても怪しんで距離を取っていたくらいだ。

ペストは普通、何日か置いてから発症するものだろう。その二つから感染するなんて考えにくい。

だが、それ以外にペストらしきものと触れ合った記憶なんて――。

「待て。そうか。私はすでにノミに刺されていたじゃないか⁉」

巣穴で目覚めたとき、ノミを燻さなければと考えたではないか。

狩りの時点で感染していたとすれば体調が崩れ始めるのも妥当《だとう》に思えてくる。

「ひとまず木陰で休もう……」

歩き続けるのは得策ではないはずだ。

そう思って身を屈《かが》めたとき、シートンは内股《うちまた》に違和感を覚えた。

手を添えてみると、皮下にクルミでも埋め込んだかのように鼠径《そけい》部が腫《は》れていることがわかる。

「鼠径リンパ節が腫れているのか？　なんてことだ。これはもう、決まったも同然じゃないか……」

ペストはノミに刺された部位から近いリンパ節が酷く腫れ、自壊まで起こすことや、手足の指先に黒い痣《あざ》ができるのが特徴的だったという。

熱中症まで併発しているのか、シートンの意識は酷く朦朧《もうろう》としはじめていた。

「私は……、私は……。償《つぐな》いに、ロボたちを守りたいだけだ……。なのに、どうしてこうなる……」

今回はロボたちを守ることに関しては上手《うま》くいったと思っていた。

だが、どうだろう？

その結果、人には無視できないほど大きなしっぺ返しが起きてしまった。

ロボを救うだけでは駄目なのか？

抗生物質もないこの時代だからこそ、歯止めが利《き》かない大事件に発展してしまっているのかもしれない。

「誰か教えてくれ。私はどうすればいい？　なにを捨てれば上手くやれるんだ……。どうしたら、償えるんだ……？」

うわごとのように呟《つぶや》きながら、方法を考える。

このゆで上がってしまった頭では思考が堂々巡りするばかりでなにも進まない。

そしてシートンの意識はいつのまにか深い闇に落ちていた。

四章　狼《おおかみ》である人

　なんとも最悪の夢を見続けていた気がした。

　全身に倦怠感《けんたいかん》があり、頭はもうろうとする。だというのに、指先や鼠径《そけい》部、喉《のど》などには痛みが続いて睡眠を許さない。

　熱い吐息を吐き続けるせいで喉が渇《かわ》ききっていたが、触れるものはざらざらの砂ばかり。

　昼はまだ日光があったから寒気とのバランスも取れたが、肌寒くなる夜には悪寒《おかん》が勝っていき――。

「あ、あああ……」

　シートンが目を開けると、薄暗い夜明けの時間だとわかった。

　ありとあらゆる不調をきたしていた体はすっかり元通りとなり、痛みはない。身を預けているベッドは多少固くとも、荒野とは比べるべくもなかった。

しかし彼は安堵《あんど》とはまるで逆の心地を抱いている。

うつ伏せになるとマットレスに何度も額を打ちつけ、夢ならば覚《さ》めろと念じていた。

「どうしてだ……。何故《なぜ》終わっていない……。ペストは確かに大きすぎる過《あやま》ちだった。しかし、ロボたちは報《むく》われていたはずだ！」

イエローやジャイアントを含め、ロボは何代かの子供を育てている。

四度目の人生のときは彼もそろそろ肉体のピークを越え、自然界で言えば世代交代をしてもおかしくない年齢にはなっていたはずだ。

人にとっては悪くとも、彼らにとっては良い結果に至っていたのではないか。

「私は巣穴でノミに刺されてペストにかかった。あのあと、巣穴の狼たちもかかって非業《ひごう》の死を遂《と》げたからダメだということか？　それとも、ロボが私のように老衰《ろうすい》で死ぬまで見届けないと許されないのか⁉」

こんな状況にした神に届くよう、シートンは声を張り上げた。

だが、返事らしきものはなにひとつ返ってこない。

神に助けを求めることに虚《むな》しさを覚えたシートンは拳《こぶし》をマットレスに打ちつける。

「この力は、ロボを守るためにおあつらえ向きだ。だからこそ彼を守ったのに、周辺の動物が死に、ペストで大勢の人死にまで出た……。彼を守り続けるには、こんな地獄のなかで正解を探さないといけないのか⁉」

いつかは答えが出るのだろう。

ただし、何度も繰り返していたらきっとどういう行動をすれば誰《だれ》が死ぬかまでわかってくるはずだ。

誰を生かし、誰を殺すか。

そんな命の選択をいくつも重ねていったとき、果《は》たして自分は正気でいられるのだろうか？

その人が死ぬ運命を知っていながら、ごく普通に会話をして別のことをしに向かわなければいけないときも来るかもしれない。

何度も繰り返し、相手を知っていくほどに辛《つら》い選択になるだろう。

「耐《た》えきれる気がしない……」

単なる繰り返しだと、最初は意味を理解していなかった。

失敗をやり直す機会を与えられたかとさえ思えたが、繰り返すほどにのしかかる重みが増していく。

「私は、どうすれば……」

なんの指針も立たず、シートンは虚《うつ》ろに空を見つめていた。

そうして無為に時間を過ごしていると、あるとき腹の虫が鳴った。

「……何度繰り返しても、空腹に飽きたことはなかったな」

一度目の人生では何度空腹を覚え、何度食事を取っただろう？

たった五度目の人生で絶望感を覚えているシートンとしては、この当たり前の反応に安堵すら覚えてしまう。

「当たり前を繰り返す、か……」

ふと、呟《つぶや》く。

こうして繰り返しの人生があるのは褒美《ほうび》か、天罰かと悩みもした。

けれども答えはない。ジャンヌ・ダルクのような神の啓示《けいじ》は一度たりとも与えられなかった。

「だが、そうだな。それが当たり前だ。答えを与えられて生を授かる人間なんてどこにいるだろう？」

少なくとも一度目の人生を歩んだときはそうだった。

神の声を聞けないからと苦しんだことはなかった。

人生に目的はないし、寿命《じゅみょう》も定かではない。

それでもコツコツとすべきことを積み上げ、精一杯に生きたはずだ。

「初心を忘れていたのかもしれないな。……嘆《なげ》いても世界は変わるものではない。それは確かだ」

仰《あお》向《む》けに転がり、しばらく脱力する。

窓からは一日の始まりの音がしていた。

朝食の準備や目覚ましの音。走る馬車の音やいななき。「おはよう」と声をかけあう住人たち。

「……私も彼らに加わらなければ」

ようやく心が落ち着いた。

シートンは上半身を起こし、再起のための気持ちを整える。

「逆に考えよう。ロボを助けたとして、ゴールがなかったらどうする？　どこまですれば私は後悔をしない？」

自問をして答えを探す。

思いつくものは単純明快だ。

「そうだな。やれるだけのことを全《すべ》てやるしかないじゃないか。なにかを選び、なにかを諦《あきら》めるなんて、それこそ後悔するだろう」

きっとそれが答えだ。

シートンはベッドから立ち上がると、部屋に備え付けられた鏡と向きあう。

「身だしなみを整えるのは久方ぶりだな」

四度目の人生では半《なか》ば放棄《ほうき》していたことだ。

中途半端《はんぱ》に伸びたひげを整え、寝癖《ねぐせ》を均《なら》す。

そうして身なりを正すと、一階にある食堂に下りた。

そこには西部における朝の香りが満ちている。

まともな冷蔵庫どころか電気オーブンも普及していないこの時代は保存食が中心だ。

まず感じるのは芋《いも》や缶詰の豆を煮炊《にた》きした甘めの香りである。

そこにメキシコ流のスパイスなどを混ぜて作った豆と芋の料理が鍋《なべ》で湯気を立てていた。

次に存在感があるのはパンだ。

均一に発酵《はっこう》させるための機械はないし、かまどで大量に焼くから未来の品質とは大きな差があるだろう。

だが、焼ける小麦の香りはいつの時代でも魅力的だった。

あとは棚《たな》に色とりどりのピクルスが並べられ、注文があれば塩漬けの肉も焼かれている。

「ぼさっと突っ立ってないで注文をしなよ」

こうした雑多な香りに包まれている食堂は夜ともなれば保安官やカウボーイなどが酒を飲み交《か》わす場所になるが、朝は静かなものだ。

宿泊客と常連らしき住人が数組いるくらいなので、手持ち無沙汰《ぶさた》な女主人はシートンの注文待ちをしていた。

「マダム、豆のスープとパンを頂けるかい？　あと、コーヒーも一つ」

「はいよ」

作り置きを盛るだけなので時間はかからない。

しかもこのパンは硬《かた》さを和《やわ》らげるためにスープに浸《ひた》して食べるものだから、深皿に両方載せるという雑な配膳だ。

まあ、大衆食堂なのだからこれくらいの方が実にそれらしい。

シートンはパンをナイフで切り、ちびちびと口に運ぶ。

「そう。ここでは牧場暮らしだったから新鮮な肉にありつけたが、この時代は生鮮食品があまりなかったな」

食卓の彩《いろど》りといえばピクルスが代表だ。

これに慣れた者としては目に留めるだけで唾液《だえき》が浮かび上がる。

美味《おい》しさを想像したのではない。味を求めて酸味を和らげている未来と違い、この時代は保存のために酢がきついのだ。

この刺激がまた懐《なつ》かしく、目を覚ましてくれる。

思考も次第《しだい》に回りはじめてきた。

そしてシートンはパンの一切れを見つめ、はたと止まる。

「そうか！　まだやっていないことはある。別の答えはここにあったんだ……！」

パンを嚙《か》みしめ、材料を思い出す。

これはコーンブレッド。とうもろこしを混ぜ込んだパンだ。

この乾燥地帯でも豊かに育ち、主食となる偉大な穀物《こくもつ》を入植者にもたらしてくれたのは誰だっただろう？

「先住民だ。私は何故、彼らのことを失念していた……！」

三度目の人生でロボたちと獲物《えもの》を探していたときに見た光景が脳裏《のうり》によみがえる。

あのときの彼らがしていた儀式の意味をよく捉《とら》えておけば、もっと早くに気づけていたかもしれない。

「うるさいねえ。騒ぐならよそでやっとくれ！」

「も、申し訳ない。つい興奮してしまったようだ」

恰幅《かっぷく》のよさに反して割と小心なのか、女主人は先ほど声をあげたときに調理器具を手から滑《すべ》らせたらしい。

シートンは彼女に頭を下げ、思案に戻る。

三度目の人生では先住民が集まり、バイソンの毛皮を被《かぶ》ってステップを踏《ふ》んでいた。

あれはバッファロー・ダンスという、死者の復活を願う踊《おど》りだ。

彼らにとって生活の糧《かて》となる獲物だから、ずっと共にあるために願いを込めて儀式をしているのである。

生活の糧であるアメリカバイソンを白人に奪われたという点では狼と同じだ。

だが、彼らは狼と違い、近い未来でこのニューメキシコ州に居場所を確保する。

つまり――。

「ロボたちと彼らを結び付ければまだ可能性がある」

突拍子《とっぴょうし》もない思い付きではない。

アメリカ先住民は自然崇拝《すうはい》なので動物を神格化することもある。もし狼が彼らにとって大切な存在になれば、狼をかばってくれる可能性も出てくるだろう。

「あとは罠《わな》会社が下手《へた》を打たないよう、私がロボたちと共存する術《すべ》を探れば……」

少なくとも捕食者を殺しすぎてペストを招くという悲劇は回避できるはずだ。

思考が進むにつれ、シートンの口元は緩《ゆる》む。

この五度目の人生でロボたちを助ける糸口が見つけられた気がした。

「マダム、先程は驚かせて申し訳ない。素晴らしい朝食だった！」

「そんなおだてたってなにも出やしないよ」

口は悪いが、前回の人生ではフィッツランドルフ牧場とジムへの伝言、ハッカ油のプレゼントまでこなしてくれたのだ。シートンとしては感謝の念が絶《た》えない。

さあ、思いついてしまえば気は逸《はや》るばかりだ。

シートンはすぐに宿を出た。

無論、牧場で必要なものは変わらないし、ジムには借りがあるので買い物も忘れない。

いつものように買い物袋を抱えたシートンは郵便局で彼と合流すると、牧場への道で話を切り出した。

「ジムさん、この辺りについて聞きたいことが一つあるんだ」

「わかることでしたらなんなりとどうぞ」

「牧場と先住民はどういう関係ですか？」

問うてみると彼は一瞬、呆気《あっけ》に取られていた。

「狼のことじゃなく、ですか。なんとも珍《めずら》しいことを気にしますね」

「ロボの問題を解決するためにどうしても必要なんです」

「どう繋《つな》がるんだか俺《おれ》にはさっぱりなんですが……」

ジムは腕を組んでうなった。

そうして思い起こさないと特に何もないほど接点が薄いというのがよくわかる。

「この辺りをスペイン人が支配していた二百年前にはひと悶着《もんちゃく》あったそうですが、今はそんなに聞かないですね。特に近くにいるプエブロ族は畑を作って自給自足していますし、たまに物を交換しあったりってくらいですかね」

「特に険悪というわけではないのですか」

「ええ、まあ。ほら、ここは基本的に厳しい土地ですからね。彼らには酒の文化もないそうなので甘味や酒は物々交換の代表例です」

「そういえばそこは聞き覚えがあったな」

実のところ、未来でも問題になっていた。

政府からの援助はあるものの、土地や動物を奪われて伝統的な仕事に勤《いそ》しめなくなった人々は、西洋食やアルコールの摂取《せっしゅ》のしすぎにより生活習慣病になる傾向が強まったという。

一部の部族なんて、七割もの人が肥満になったそうだ。

(土地と動物さえ残れば、ここも変わるのだろうか……)

ロボたちさえ救えばいいと考えていたが、まだまだできることは多い気がする。

全てを綺麗《きれい》に解決できるとは思えないが取り組むべき問題は見えてきた。

そうしてシートンが真剣な顔で考えにふけっていると、ジムは顔をのぞき込んでくる。

「それにしても、なんでそんなことを気にするんです?」

狼をただ捕獲するだけなら関係のない相手だ。

彼からすると気にする理由が見当たらないのだろう。

――先住民たちにロボたちを守ってもらうためです。

ロボ捕獲の依頼を受けているからには、流石《さすが》に本心は打ち明けられない。

全て打ち明けられるのは狼と牧場が共存する術を見つけてからだろう。

「カナダに住んでいたときも先住民の世話になったことがあるんですよ。アメリカ大陸には彼らが広く住んでいるので、どんな違いがあるかと思ったんです」

シートンにとってアメリカ先住民は若いときから壮年期まで思い入れがある相手だ。

話せることとなんていくらでもある。

ひとまず誤魔化《ごまか》すならこんなネタで十分だ。

「ははあ、なるほど。そんな経験があるんですか」

「彼らは礼儀正しい。キャンプをした際、テントに足跡があって物取りでもあったと思ったのですが、先住民が後からまた来て家族が甘いもの好きだから物々交換してほしいと申し出てきたんですよ」

「ここらの部族とそこは変わらないわけですね」

「ええ。好戦的な部族もありますが、彼らには先祖と自然を大切にする者が多いです」

バッファロー・ダンスなどで自然に感謝する風習が残っていたりと、彼らの生活から学ぶことも多い。

そう思って先住民から学ぶ学校を設立した過去を思い出す。

そうして遠い目をしていると、ジムはぽんと手を叩《たた》いた。

「そういえば開拓者より先に住んでいるものというと、ロボだけじゃなく馬も問題になりますね」

「それは野生馬のマスタングのことですね？」

「はっはっは。やっぱりロボの捕獲を頼まれるだけのことはある。よくご存じで！」

ジムは敢《あ》えて説明をする必要もないかと足を叩いて笑った。

彼には悪いが、シートンはそれについて人一倍詳しい。

なにせこの辺りに滞在しているときに人々から話を集め、『だく足のマスタング』としてこの地を舞台に書き上げたのだから。

その物語をひととおり思い出したシートンはハッとして口を押さえる。

閃《ひらめ》きかけたものが零《こぼ》れ落ちないようにという焦《あせ》りが行動にまで出てしまった。

「ジ、ジムさん。すまないが、そのマスタングについて言いたかったことを教えてもらってもいいですか？」

「そこらの噂話《うわさ》と変わりませんよ？」

「いいんだ。ぜひ聞かせてほしい！」

真に迫る雰囲気で訴《うった》えるのは場にそぐわなかったかもしれない。

ジムは気圧《けお》され気味だったが、こくりと頷《うなず》く。

「まあ、そこまで言うんでしたら。元はといえばこの馬はスペイン植民地時代に牛と一緒に連れてこられたやつで、両方とも野生化したんです。牛は食料として需要《じゅよう》があったのでカウボーイが何千頭も率《ひき》いて売りに行ったんですが、馬は調教せにゃならんもんで野生は手に負えなかったんですよ」

「そのマスタングたちは馬農家やカウボーイの敵でしたね？」

「ええ、そうです。ガソリンで走る車が一般人も買えるようになるなんて言われていますが、カウボーイや都会の馬車馬なんかに馬は必要ですからね。雌馬にはできるだけたくさん子を産ませたいのに、あの野生馬に連れ去られちまうんです」

自動車がようやく一般人に普及し始めたのはこの時代から三十年ほど過ぎて二十世紀になってからだ。

船や鉄道なら蒸気機関が担《にな》えても、やはり個人単位の運搬となると馬はまだまだ手放せない存在だった。

つまり子供も産める雌馬は立派な財産だ。

それを奪って逃げられるというのは非常に痛いのである。

「確か黒いマスタングなんてロボと同じく賞金千ドルをかけられたんだったか」

「そうです。厄介《やっかい》さで言えばロボと肩を並べるでしょうね。なんならこいつらもどうにかなりませんか？」

「そうか。それだっ！」

頭のなかで欠《か》けていたピースがジムの言葉でハマった。

その喜びがつい咄嗟《とっさ》に行動に出たのが馬を驚かせてしまったらしい。ジムは慌てて手綱《たづな》を引き、彼らを落ち着かせる。

「おおっと⁉ 急に声を上げないでください！」

「も、申し訳ない。名案が思いついてしまって、つい……」

「それはロボですか？ それともマスタングの？」

「両方だよ。まさかこんなに嚙《か》みあうものがあるとは思わなかった」

上手《うま》くいくのではないか。

そんな期待の高さが笑みになって溢《こぼ》れてしまう。

「ええと、どんな案なんです？」

「それに答える前に質問をしたい。そもそもロボたちはなんで牧場の厄介者なんですか？」

「そりゃあ、家畜を食い殺すからですね」

「そうです。しかし、彼らも人間がアメリカバイソンを殺し過ぎたせいで食べるものがなくなってしまったからこそ牧場を襲うんですよ」

「理屈はわかるんですけど、親方や俺たちにもう生活がありますからね。狼にゃ悪いですが、牧場に悪さをするならやっぱり敵ですよ」

「じゃあ、牧場を守ってもらいましょう。それが私の案です」

「は、はい……？」

言葉の意味が全く理解できないと目を丸くするジムに、シートンは自信満々の笑みを見せるのだった。

□

シートンがフィッツランドルフ牧場に向かい、あれこれと試行錯誤《さくご》を始めてから半月ほどが経過した。

牧場では精力的に働きかけているものの、先住民とロボたちの仲を繋げるという方向性ではあまり進展がない。

決意した割にシートンのとった行動は三、四回目の人生と同じく動物たちとの交流を深めることくらいだった。

そして今日の彼はまた人狼化した状態でアナグマたちの狩りを観察している。

「君たちは本当に癒《いや》しだなぁ……」

地下に巣を作ったジリスをアナグマが追い、出口でコヨーテが待ち受けるという挟《はさ》み撃ち戦法は今日も閃いていた。

シートンは難なく獲物《えもの》を手に入れた二頭の食事風景を観察している。

「な、なぁ。あんた、いつもそうしているけど獲物を捕まえなくていいのか?」

「見ていられるだけで十分だよ」

「それが変なところなんだよなぁ」

子供が虫かごを観察するならともかく、人狼が転がってニコニコと狩りを観察しているのだから傍目《はため》からしても奇妙だろう。

アナグマはその視線から妙な圧でも感じるのか、たじたじと後ずさりをしている。

「しかし君たちは一概に否定しないんだな」

「そりゃあそうさ。オイラたちだって、コヨーテを観察して、『あ。こいつとなら協力できるな』って思ったから今があるんだし」

「鳥が索敵をして、狼が仕留めるという協力も聞いたことがある。この世には君たちのような存在もまだまだいるんだろうな。ああ、興味深い……」

「でもな、そういうのってしばらく見たらわかるだろ。こいつはパートナーにならないって見限るとか、一緒に狩りをしようって言うんでもないんだからやっぱり変だぞ」

「しかしだな、君たちに損はないだろう?」

「そうなんだけど気持ち悪いというか……」

そんな反応にショックを覚えていると、コヨーテが近づいてきた。

「これ、あげる。お世話になっているもん」

彼は食べかけの獲物を差し出してくれる。

「おお。コヨーテ君はそう言ってくれるか！」

「うん。人間の毒餌《どくえ》と罠を見抜く方法だけとっても役に立ってる。あんなのがわかるのはあの狼の群れくらいだった」

「そこだけか……」

『だけ』と強調された点にシートンは密《ひそ》かに傷ついていた。

ともあれ、こんな配慮《はいりよ》を向けられれば落ち着いた返答もしたくなる。

「君たちの鼻の良さなら知ってさえいれば対処できる程度のものだ。気にすることはない。それに、君たちにはお世話になったからね」

「んん？　あんたがオイラたちに教えるばっかだろ。やっぱり変なやつ」

「そんなことはないんだよ」

すでに消え去ってしまっている過去なので、全く身に覚えがなさそうな二頭は揃《そろ》って首を傾《かし》げる。

ロボたちにいち早く会えたのは二頭のおかげだ。

消え去ってしまった過去であれ、シートンはそれを忘れていない。

「あんたは今日も狼の群れに会いに行くんだろ。そこで何をしてるんだ？」

「ごく普通にコミュニケーションを取ったりしているだけだよ。今はなにより、時を待っているんだ」

「ぼやぼやしていると冬になっちゃうよ？」

普通は寒い冬に向けて準備をしておくものだ。

たとえば冬時期の狼は獲物をしとめても敢えて全ては食べず、雪に埋《う》もれさせておくことがある。

自然界において冬とは、備え、どうにか乗り越えるものなのだから、ふらふらと歩いているシートンはことさら奇妙に映るだろう。

空に浮かぶ満月を見上げたシートンは微笑《ほほえ》む。

「心配ない。そろそろ時期が来たはずだ。では、私は失礼する。冬のためにも、このごちそうはコヨーテが食べてくれ」

「うん。それなら食べるけど」

「今度は君たちのつがい探しでもしようじゃないか。では、また会おう！」

食事を続ける二頭に別れを告《つ》げ、シートンはロボたちに会いに行った。

そう、時期が重要なのだ。

巣穴近くで群れに合流してみると、イエローとジャイアントが率先《そっせん》して寄ってくる。

「お前、また外から来た」

「どこに行っていた？」

思い出すのはスーツについた香水の匂《にお》いを勘繰《かんぐ》る妻だ。

二頭はあいさつ代わりと思えぬくらい真剣に嗅《か》ぎまわってくる。

あまりに鼻が良すぎる彼らにとっては写真の断片が体にペタペタと貼《は》られているようなものだ。

野生の警戒心ならチェックしない方がおかしいのだろう。

「小動物のニオイ……」

「一人でつまみ食い？　群れから外れるのはよくない」

「ああ、すまない。いろいろと野暮《やぼ》用があるんだ」

買い食いの悪癖《あくへき》があるのを見咎《みとが》めるように二頭は軽く噛《か》んでくる。

それを躱《かわ》していると、ウォォーンとロボが遠吠《とおぼ》えを上げた。

音を追ってみると、ロボはどこかに歩いていく。

これは出陣の声だ。

狼たちは真似《まね》るように遠吠えを上げ、ロボのあとに続いた。

「待っていた。さて。無事に感づいてくれるといいんだが」

まるで三度目の人生の再現だが――それでいい。

むしろシートンはその状況こそ望んでいた。

「……！　ロボ、気づいたか。たくさんの人のニオイがするぞ！」

獲物を探してカランポー高原の川沿いを歩き続けていたとき、待ち望んでいた風が吹いた。

喜び勇《いさ》んで声を上げると、群れは『あ。本当だ』と各々が鼻を鳴らして気づきはじめる。

「怪しい。一つ、二つ……無数にいる」

「たくさんの人間、音も立ててる？」

「ああ、そうなんだ。ロボ、見に行かないか？」

群れを率いるリーダーとして、危険の感知と警戒は彼の役目だ。

以前もそうしたのだから彼は提案を受け入れて見に行ってくれるだろうと、期待を込めて見つめる。

しかし、ぷいっと。

――気に入らないから断る。

まるでそう言い捨てるかのようにロボは顔を背《そむ》け、獲物探しを続行しようとする。

「いや、待て待て。待ってくれ！　ここは素直に聞いてくれてもいいのではないか⁉」

シートンは慌ててロボの腰に飛びついた。

引き留めようとしただけなのだが、いかにもうっとうしそうに口を開けて威嚇《いかく》される。

「まったく、ロボ！　お前もお前だ。気高いのはわかるが、どうして融通《ゆうずう》を利《き》かせてくれない⁉　ノミ対策で巣穴を燻《いぶ》したのは悪かった。新参者が急にすまない！　君たちの理屈からすれば奇行に走っていたと思う！」

ロボとシートンは互いに睨《にら》みあい、円を描くように歩いて気を窺《うかが》いあう。

間合いや歩調などが崩れれば即座に飛びかかって取っ組み合いになるだろう。

「しかしだな、獲物の場所を案内したりするときくらいは耳を貸してくれてもいいだろう⁉　頑固者《がんこもの》め！」

ぐるるる……と低重音の唸《うな》りが返事代わりだ。

この声が理解できているのか、そうでないのかはわからない。

しかしながら聞き入れてくれないのならシートンにも考えがあった。

「なあ、ロボよ。私はこれからおかしなことをする。君に失礼なことをする。だが、それで群れを目的地まで率いていければ私の作戦勝ちだ。ふはは、どうだ。威厳を示してかかってくるがいい！」

宮廷道化師《きゅうていどうけし》は王に芸で意見を具申したという。

けれども獣《けもの》と獣なのだから具申の仕方はまた違ったものになってしまった。

シートンは敢えてロボの間合いに鼻《はな》っ面《つら》を差し出す。

それに対して即座に噛みつきが見舞われるものの、ちりりと鼻先をかすめる程度で後ろへ飛び退《の》いた。

まるで彼をおちょくっているかのような振る舞いである。

「気持ちがいいな、ロボ！　こうして正直にぶつかりあえるだけで胸がすくぞ！」

ぶんぶんと得意げに尻尾《しっぽ》を振ってみたあとは、襲いかかってくるロボをまたひらりと躱《かわ》す。

形は違えど、気分は闘牛士だ。

けれども狼は牛とは比べ物にならないほど俊敏《しゅんびん》だ。二度三度と続けて飛びついてくるので、語る暇《ひま》もなく避《よ》ける。

「あれほど騒がしい父は見たことがない」

「父ちゃんがムキになるのは珍しい」

群れは半《なか》ばぽかんとしながら暴れる二人のあとを追っていった。

そうして、ちょっかいを出しては避け、たまに逃げるという繰り返しをしばらく続けると、三度目の人生で先住民の儀式を眺めた辺りまで辿《たど》り着いた。

「あたたたっ……！　こ、降参だ、降参！　ロボ、もうしない！」

最後の軍配はロボに上がった。

鼻っ面に噛みつかれ、少々転がり回っても振りほどけない。これは流石に白旗を上げるしかない決まり手だ。

イエローやジャイアントとは違い、彼の攻めは本当に巧《たく》みだった。

例えば首の急所を狙うにしても的確に気道や血管が押さえ込まれ、締め技のように意識が遠のく。

それ以外の部位でも、鼻っ面のような鋭敏な部位を噛まれれば人狼状態のシートンでも堪《たま》らない。

試合に負けて、勝負に勝ったというところか。

「ははは……。痛いが、気持ちいいな」

死力を尽《つ》くしたボクシング選手の気持ちも今なら理解できるかもしれない。

アドレナリンのおかげで痛みがいくらかマヒしているからこそだろうが、シートンはやりきった達成感で転がっていた。

するとそこに白い影が近づいてきた。

ブランカである。

彼女は気遣ってくれたのか、傷をぺろりと舐《な》め上げてきた。

しかしシートンはそれ以上を受ける前に彼女の顔を押しとどめる。

「ありがとう。けれどその気持ちだけで十分だ。私は君には特に残忍なことをした。君に覚えはないのかもしれないが、私にはそれを受け取る資格がないんだよ」

体を起こして語りかける。

彼女を罠にハメるまでは知恵比べだったかもしれない。

しかしその先、ロボを罠にハメるために彼女の死体を引きずったり、脚を切り取って地面に痕跡《こんせき》を残すのに使ったりした。

それらは忘れていいものではない。

ブランカは特にこだわることもなく身を引くと、ロボのもとに歩いていった。

「さて。紆余曲折《うよきよくせつ》があったものの、目的地には到着したな」

シートンは先住民の儀式を不審そうに眺《なが》める狼の列に加わる。

「人間、集団で遠吠えをしている?」

「知ってる。あいつら、月が大きいときに遠吠えすることが多い」

「そうだな。私はこの日が来るのを待っていたんだ」

今回、彼らがおこなっているのはバッファロー・ダンスとは違う儀式だ。

一度目の人生でこの地に住まい、現地の先住民と交流を持ってきたシートンはとある部族の酋長《しゆうちよう》から何度か聞いたことがある。

先祖の魂《たましい》が自然や動物などに姿を変え、巡り巡って帰ってくるという、仏教の輪廻《りんね》転生《てんしよう》に近い死生観を彼らは持っているらしい。

彼らが道に迷わないように捧《ささ》げる歌と踊りがあり、それは部族以外の者には見聞きさせられない特別なものなのだそうだ。

そしてそれは、目の前で起こっているこの儀式らしい。

狼の群れは人の不思議な遠吠えに聞き入っていた。

シートンもまたその歌を注意深く聞き取り、そのリズムを必死に覚えようとしている。

なにせこれこそ先住民を味方につける秘策なのだから。

「ウォ、ウォー。ウォォーン！」

記憶したリズムを遠吠えで再現する。

突然そんなことをするものだから群れはギョッとして見つめてきた。

だが、彼らは割とこういうのには乗ってくる性格だ。

時には先住民の歌に遠吠えを重ねたりと合奏《がっそう》を続けていたら、どうだろう。次第に儀式場はざわめき、ついには歌が止まった。

頃合《ころあ》いである。

シートンは遠吠えをやめると、群れの前に歩み出た。

「みんな、私は今日はここで失礼する。また明日にでも会おう」

そう呼びかけると、ロボは静かに歩み寄ってきた。頭をぐいと押しつけ、そのまま踵《きびす》を返すと振り返ることもなく歩いていく。

「シートン、また一人歩きか。悪いやつ」

「ぐぬぅ。ついて行ったら父ちゃんに怒られる……」

「ははは、すまない。だが安心してほしい。私は群れのためにまた帰ってくるよ」

そう伝えると、イエローとジャイアントはロボの姿が宵闇《よいやみ》に紛《まぎ》れないうちに走っていった。

彼らを見送ったところでシートンは先住民の儀式場へ走る。

先ほどまでの歌を遠吠えしながら近づいていくと先住民は驚きはしたものの、逃げたり叫んだりはしなかった。

人狼の姿でクレイトンの街から逃げたときとは大違いである。

「おお……。狼でもコヨーテでもない⁉」

「この狼とひとは繋がっている！　精霊が宿った狼だ……！」

走りを緩め、彼らの間を縫《ぬ》って走ると喜ばしそうな表情さえ浮かべていた。

彼らの儀式の中央まで走ったシートンはロボたちと合奏したときと同じくまた彼らの歌の遠吠えを上げる。

人々を襲いもしないし、部族の歌を歌う狼もどきだ。

彼らにとっては先祖の魂が輪廻転生して戻ってきたようにも感じられていることだろう。

だからこそ、彼らにとっては狼が一層特別な存在となる――シートンはそう考えていた。

（利用するようで悪いが、彼らのためになる結果にも必ず繋げよう）

後悔しないよう、できることは全て全力で。

シートンはそんな思いを胸に動いている。

彼はひとしきり遠吠えをしたあと、先住民たちに惜しまれながらもその場を去った。

ロボを含めた全員のためにも、すべきことはまだまだ多い。それらを積み上げるための挑戦はまだまだ始まったばかりだった。

□

ロボたちの薄明薄暮《はくめいはくぼ》生活にあわせてきた影響は確実にある。シートンは夜明けにな

るとすっきり目を覚ます習慣がついてしまっていた。

牧場の離れにあるボロ小屋で目を覚ました彼は、身だしなみを整えると同時に体を

確かめる。

「よし、怪しい虫刺されはない。ただ、ロボからは立派な勲章《くんしょう》をもらってしまったな

……」

鏡で顔をのぞき込んだシートンは鼻にできた傷を見てため息を吐《つ》く。

このような生傷は四度目の人生では無数にできていたので慣れっこではある。ただ

し、傷のない体に戻ってもまだ刻《きざ》まれていると多少悩ましいものだ。

ともあれ、ひげを切り揃《そろ》えてウエスタン衣装に身を包んだシートンは牧場の母屋《おもや》へと向かう。

「シートンさん、おはようございます。朝がお早いですね」

「つい目が覚めてしまいまして」

まだ陽《ひ》が顔を出して間もない時間だが、牧場に勤《つと》める女性たちは家畜の世話を始めていた。

彼女らがひととおりの世話を終えてからが放牧の本番で、カウボーイたちの仕事はざっと九時頃からとなる。

しかしながらジムの朝はさらに遅いのが日常だ。

シートンが彼の宿舎を訪ねると、出迎《でむか》えてくれるのは大きなイビキだった。

「ジムさん。おーい、ジムさん。朝が来た。今日は牧場の今後のためにカウボーイ総出で仕事をすると伝えただろう?」

「ううーん……」

揺らしてみてもなかなか目を覚まさない。

ベッドの周囲に転がる酒瓶やつまみを見るに、きっと深酒をしていたのだろう。

「まったく……。そういえば彼はこうだったな」

起きるのがしばしば昼になったり、交代でするはずだった料理当番もすっぽかしたりという事件を日誌に記した覚えがある。

やれやれと息を吐くのだが、そのときふわりと上った香りがあった。

それは例のハッカ油だ。

こんな生活にはぴったりだろうと贈《おく》ったのだが、彼はこの人生でも愛用してくれているらしい。

そういうところを加味すると、どうも憎みきれない相手だ。

「シートン君。彼は起きたかね？」

「親方、おはようございます。残念ながらこの通りですね」

どうしたものかと腕を組んでいたところ、ほかのカウボーイも引き連れて牧場の親方がやってきた。

彼らは完全装備であり、すぐにでも出かけられる状態である。

「まったく。おい、ジム！　仕事だ、仕事！　いつまでも寝ていると減給するぞ！」

「あだっ⁉」

親方は手にしていた馬用のムチでジムの体を軽く叩く。

その効果はてきめんで、彼は即座に飛び起きた。

「いたた……。親方ぁ。それはやめてくれって前にもお伝えしたはずですが……」

「それを言うなら私も君に寝坊はやめろと言っていたはずだ。いいからさっさと準備をするんだ！」

「……ええと。こんな朝早くになにをするんでしたか？」

前日に食堂で説明をしたはずなのだが、アルコールですっかりと記憶が抜け落ちたらしい。

シートンと親方は目を合わせると、揃って息を吐いた。

「ジムさん、今日はマスタングを追い立てるんだと伝えただろう？」

「ああ、そうでした！　確か、ロボの縄張りまでやつらを追い込むって話でしたか」

「その通り。この辺りのアメリカバイソンやプロングホーンといった狼の獲物は人が撃ち殺してしまった。だからそんな獲物の代わりになるよう、人が持ちこんで増やしてしまった馬を彼らの縄張りに誘導するんだ」

「厄介者同士を戦わせるって話でしたね」

ジムはようやく話を思い出してきたらしい。

仕事の顔つきで顎《あご》を揉《も》み、得意げな顔をする。

「マスタングはやたらと警戒心《けいかいしん》がありますし、銃だとなかなか仕留められないですからね。その点、追い込むだけだったら現実的な気はします」

「そこについて残念ながら私は専門外なんだ。カウボーイたちの乗馬技術に期待をさせてもらうよ」

「はっはっは。任せてくださいよ！」

ジムは話が終わると大あくびを嚙みしめ、着替えを始めた。

それをずっと眺めるのも居心地が悪いので親方はシートンに話しかけてくる。

「にしても、だ。シートン君。君の言うことは理に適《かな》っているし、罠と違って元手もかからないからいいようには聞こえるんだが、上手くいくのかね？　私には机上《きじょう》の空論に思えるんだが」

「確かに今はまだそうです。しかしながら五大湖やカナダ方面に住むシンリンオオカミは馬ほどに大きなヘラジカも襲うことがあります。体格が勝《まさ》るとも劣《おと》らないロボたちなら、食べられる相手とわかれば襲うでしょう」

「しかしだな、丸々肥《こ》えた上に無力な羊や牛がいるのに野生馬を襲うだろうか？　私が狼ならやはり牧場を襲うのだが」

牧場をまとめる親方なだけあり、彼は理知的だ。

その考えはシートンとしてもよく理解できる。

しかし敢えてそこを問い返した。

「それは何故ですか？」

「今言っただろう。丸々肥えている上に無力だからだ」

ほかのカウボーイも同じ意見らしい。彼らは「確かに」などとしきりに頷いている。

しかしシートンは首を横に振った。

「そこが解釈の違いですね。ロボは実に賢い。彼は牧場を襲う危険も熟知しているし、馬にも戦わず勝利する方法を思いつくでしょう」

「戦わずに勝つのかね？」

「ええ、そうです。親方はロボが狼ハンターの追跡をどうやって振り切るか知っていますか？」

「いや、残念ながら知らんな」

問いかけてみると彼は肩を竦《すく》めた。

「涸《か》れ川の石ころだらけの場所や、川の浸食によってできた台地の裂《さ》け目を飛び越えることで馬に乗った人間を撒《ま》くんです。それらを使って逆に追い込む狩りをロボが思いつかないはずはありません。こうして狩れるのなら、野生馬は牧場の家畜よりも

〝おいしい〟獲物というわけです。――そしてもう一つ」

ここまではただの理屈だ。

それだけでは納得しない人が多くいるのをシートンは知っている。

「ポルトガルの北部にはガラノ種と呼ばれる馬がいるんですが、そこには馬を狩る狼もいるんです。狼は馬も獲物としますよ」

「あっははは！　親方、動物のことじゃシートンさんには敵《かな》いませんって」

実例まで挙《あ》げてみるとジムは大きな声で笑った。

何度となく舌を巻いてきた彼としては、他人が同じように言い負かされる様はおかしくてたまらないらしい。

「なるほど。オーナーが海外から呼び寄せるだけのことはある。では、私もロボに期待しよう。それほどまで上手く野生馬を狩ったとしたら、この牧場にとってもヒーローだ。そのうち彼をディナーにでも招待しようじゃないか」

親方は冗談《じょうだん》めかして周囲の笑いを誘う。

確かに物事のいい側面を寄せ集めただけで、まさに机上の空論だ。野生動物なんてコントロール不可能な相手で、それが通用するなら苦労はしないだろう。

だが、シートンの表情に浮かんだ自信は少しも崩れていない。

（彼はするさ。私がこの身を使って、そうすべきだと伝える）

力技もいいところだ。

しかし、結果さえ上手くいくのなら過程にこだわる必要なんてない。人生の繰り返しなんていうものがあるのだから、この程度は今さらである。

そうして話が一段落つく頃にはジムが着替え終わっていた。

「すいません、お待たせしましたね」

「うむ。ではシートン君の言うとおりやってみるとしようか」

カウボーイたちは出揃《でそろ》った。

あとは広い草原地帯から野生馬を探し出し、ロボたちの縄張りまで追い込むのが作戦の第一段階となる。

（ロボたちを守る存在はできた。牧場との摩擦《まさつ》も消えれば彼らの身の安全はさらに確かになる。あとはそれに加えて――）

シートンにとってここはまだ通過点にすぎない。

ロボとブランカが死に、未来ではアメリカ南西部からほぼ消え失《う》せた狼。

今までの人生で培《つちか》った経験を総動員してそれに抗《あらが》うだけだ。

シートンはカウボーイたちに続き、戦いの舞台に赴《おもむ》くのだった。

□

野生馬の追い込み自体は特に問題も起こらず、順調に事が運んだ。

「ヤアッ！　ヤアッ！」

それはあたかも戦列のようだった。

カウボーイたちは緩いU字型に並ぶと掛け声を上げたり、鞭《むち》をしならせたりして野生馬を誘導していく。

彼らはこうして家畜を追い込むことこそが本職だ。

比較にならないほど多くの牛に千キロ以上も旅をさせたことに比べればまさに朝飯前だろう。

四方が延々と開けたこの場所では追いつめることまではできないが、目的の場所に連れて行けさえすれば十分だ。

彼らの活躍《かつやく》を後方から眺めているだけで、シートンの思い描いた通りの決着がついた。

「シートンさん、これで十分ですかい？」

「ええ。あとは我々が去ったのをいいことに馬が戻らないよう、多少の見回りをするだけですね。ここに関しては私がやりましょう」

シートンが申し出ると、ジムは愛馬の首を撫《な》でた。

「流石にこれ以上は馬を酷使《こくし》しすぎですからね。しかし暗くなれば馬もあまり動かないし、帰りも危なくなる。程々のところで戻った方がいいですよ」

「ええ、もちろんです」

途中休憩《きゅうけい》を挟んではいるが、今は午後三時くらいだ。

カウボーイにも馬にも疲れが見えるため、これ以上の長丁場はできそうもない。

そうした点でもシートンが残ることには納得してくれたらしい。

彼らが牧場に帰る背を見送ったあと、シートンは馬から下りた。

「お前はここで休んでいてくれ。ロボたちの縄張りだから心配はないと思うが、危険な目に遭《あ》わせたらすまないな」

シートンは馬を手近な低木に括《くく》りつけた。

これから野生馬をさらに追い立て、ロボたちと狩る心積もりだ。

縄張りの主《あるじ》であるロボたちと一緒に行動する以上、この馬を襲うものは他にない。

だから放置しても安全なはずだが、万が一なにかがあればこの程度の細木はへし折って逃げられるだろう。

「さて。行くとしようか」

すぅ、はぁ。

精神を研《と》ぎ澄《す》ますために深呼吸をして、シートンは人狼である自分を思い描く。

鋭い牙《きば》。

力強い鉤爪《かぎづめ》。

灰色の毛皮に分厚い皮膚《ひふ》。

それらを順に想像して、力を込めていけば人狼化の完了だ。

何度も人生を繰り返した結果、ここまでは自らの意に添うようになった。

「野生馬たちは……やはりこの先にいるな」

姿は見えない。

だが、嗅覚のおかげで大体のことはわかる。

馬がいるのはロボたちの狩場にもなっている支流と草原地帯だ。

適度に起伏があるので身を隠す場所もあるし、水と草もセットになっているので草食動物としても理想の環境だろう。

「時間的には恐らくロボたちも目を覚ました頃だろう」

カウボーイたちの誘導はもっと時間がかかるかと思っていた。陽が落ちて彼らがやる気を失い、人狼化したシートンが四苦八苦しながらどうにかこの地に追い込んでいく――。

最悪はそんな事態になるかと覚悟していたが、嬉《うれ》しい誤算だ。

そろそろ群れが起き、水を飲んだり獲物を探したりするためにこの辺りまで来てもおかしくない。

あとは彼らが獲物を見過ごさないようにすれば十分だろう。

「風の方向はどうだろうか」

シートンは自分の鼻先を舐め上げる。

湿った鼻は風を鋭敏に捉えた。

あの野生馬を川から多少離せば巣の近くまでニオイが流れていくだろう。

遠吠えで呼びかければ十中八九気づいてくれる。

計画の準備はまさに整っていた。

「まさか物語で描いた二頭を引きあわせることになるとは。人の業《ごう》というものを感じてしまうな」

人の都合で連れてこられ、野生化して増えた。

それを今度は人の都合《つごう》で食うに困った狼に襲わせる。

人は彼らを振り回してばかりだ。

シートンは罪悪感を覚えながらも進んでいく。すると、馬の姿が見えてきた。

「……黒いマスタングか」

よくできた偶然だが、まるで物語で描いたマスタングそのもののようだ。

傾きはじめた陽光を受けた毛は艶《つや》やかに光を反射している。

筋肉の隆起《りゅうき》には光のおかげで陰影《いんえい》がついており、距離があってもそのたくましさが見て取れた。

カウボーイならばあんな馬を駆ってみたいと誰しも思うだろう。

相手もこちらの視線に気づいた。

途端《とたん》、彼はぶるるると鼻を鳴らして群れに敵の襲来を知らせる。

数は合計で二十。黒馬以外は全て雌《めす》のハーレムだ。

地面に寝転がったり、草を食《は》んだりしていたものも顔を上げてこちらを注視しはじめる。

歩いて近づけば同じだけ遠ざかり、駆け足の素振りを見せればそれ以上の速度を出して逃げていく。

『ほら、俺たちの方が速い。いくら根競《こんくら》べをしてもいいが、お前の脚では絶対に追いつけないぞ』

時折ふり返ってくる黒馬の目はそう物語るかのようだ。

無論、シートンもこのまま勝負する気などない。当初から彼らを動かすことが目的だったのだから。

『ロボ！　来てくれ！　私はお前たちに見せたいものがあるっ！』

シートンは遠吠えを上げた。

伝えたい気持ちを言葉にしてはいないが風に乗ったニオイは手紙に等しい。

たくさんの草食獣と対峙《たいじ》するシートンと、声を上げた方位の両方が伝われば十分だ。

ウォーンと、群れの遠吠えが連鎖した。

すると野生馬たちの耳は一斉に音の方位を捉えた。

肉食獣の群れがやってくると悟《さと》り、雌たちは文字通り浮き足立って身を寄せ合おうとする。

――あとは群れの到着を待つだけ。

そう思ったのもつかの間のことだ。

黒馬は即座に甲高《かんだか》いいななきを上げると、群れを先導して走りはじめた。

非常に判断が早い。

草食動物は一度流れができればすぐにそれを追っていくものだ。おどおどとしていた雌たちは黒馬によって意思の統一がされたかのように走りはじめた。

「くそっ、速いな！」

今までの様子見とは明らかに違う。

なりふり構わない走りにシートンは追いつくだけでも精一杯だ。

「はぁっ。はぁっ！　やはり机上の空論だったか……!?」

冗談めかして笑った親方の顔が浮かんでくる。

「いや、しかしこれだけじゃないっ。見失ってもニオイで追える……。はぁっ。狼は持久力で戦う動物だっ！」

一頭だけでも狩れば数日から一週間程度の食料になるだろう。

群れとしても根気強く追うだけの価値がある相手だ。

下手に駆り立てすぎてしまうより、つかず離れずの位置を取り続ける方が有益だろう。

そう思ったとき、シートンの鼻を新たなニオイがかすめた。

位置は前方。

野生馬よりも先の方向からロボのニオイがする。

「おお……。先回りしたのか……!?」

音やニオイから状況を察して動いてくれるなんて流石は狼王だ。

先導をしていた黒馬もこれにはたまらず速度を緩め、横に逸《そ》れて逃げようとした。

そちらは川から離れ、荒野へと繋がる方角だ。

多少起伏のある道を抜ければあとはひたすら続く乾燥地帯だ。

カウボーイたちでも追いかけっこを諦めて誘導に徹したのだから、あちらまで行かれてしまったらもう手を出せない。

「同じ賞金千ドルの札付きだったな」

狼王もさることながら、黒いマスタングも引けを取らない王者だった。

雌馬を先導する黒馬にはそれと似た貫禄《かんろく》まで感じてしまう。

「シートン、偉い！　あれは大物。食べ応《ごた》えがあるっ！」

挟み撃ちにしていたロボと合流して野生馬のあとを追っていると、ジャイアントが嬉しそうに声を上げた。

馬ならば大食漢の彼も満足だろう。

ただし、そういうのは捕らえてからでないと皮算用だ。

「ん？　なにかが足りない……」

そうだ。

ロボを含めて四頭しかいないし、いつもジャイアントと一緒に声を上げるイエローがいないではないか。

いや、さらにもう一頭の姿も見えない。

「ガウッ！」

聞き覚えのある鳴き声が野生馬の前方から聞こえた。

途端、群れは散り散りになるように分断され、あまりに急な動きだったために馬同士がぶつかりあっていた。

「そうか。ブランカが地面の隆起に隠れていたのか⁉」

馬にとって有利な平原の前にブランカとイエローという伏兵がいたのだ。

そして、二頭が隠れられるだけの隆起は馬にとってさらなる脅威《きょうい》となる。

群れの回避行動のあおりをくらって体勢が崩れた一頭は足を踏み外し、横倒しになっていた。

そこへブランカとイエローが飛びついて押さえ込む。

熟練のパートナーなら、阿吽《あうん》の呼吸で待ち伏せや挟み撃ちもするという。

これこそ狼の群れの真骨頂だ。

勝負は決した。

倒れた一頭にロボやジャイアントも噛みつき、首や足が狼で埋まっていく。

彼らが大型の草食獣を打ち倒す様はシートンとしても初めて目にするものだ。

かつてのカランポー高原では、アメリカバイソンを相手にこんな狩猟《しゅりょう》を繰り返していたのだろう。

シートンは彼らに協力するのも忘れ、見入っていた。

「こんな特等席で拝《おが》めることはないだろうな……」

狼の仲間としてここにいるからこその迫力だ。

命のやり取りの鮮烈さをその目に焼き付ける。

そして数分もしないうちに馬の抵抗はなくなった。

馬が事切れて捕食の時間になると、ロボとブランカが先んじて獲物の腹に食いつく。

群れの順位的には彼らの食事からだ。

二頭から怒られないようにといったん離れたイエローとジャイアントはシートンのもとにやって来てぐるぐると周囲を歩き回った。

彼らははしゃぐように時折のしかかってくる。

「シートン、なにしている？　あの獲物、お前が追い込んだところに父があわせた」

「父ちゃんと母ちゃんが顔を突っ込んでないところはお前でも平気。急げ！」

「え？　私に、ロボがあわせた？」

シートンは思わぬ言葉を聞いて呆《ほう》けてしまった。

ロボとブランカは見事な連携《れんけい》だった。

自分の働きがあってこそと言われるなんて思ってもみなかったのだ。

狩りにおいて呼吸をあわせる。

それは単に群れの一員と認められるより、ずっと大きな意味を持っている。

「……そうか。私も獲物をいただくとしよう」

胸に込み上げる達成感は言葉にならない。

シートンは群れに加わり、倒した獲物を分けあうのだった。

□

野生馬の狩りから戻ったシートンを出迎えたのはカウボーイたちの酒宴《しゅえん》だった。

「さあ、英雄の凱旋《がいせん》だ！　あれからなにがあったか聞かせてくれ！」

馬が戻らないように見張るだけとは前もって伝えてある。

だというのに彼らは物語を求めるのでシートンは苦笑を浮かべるしかない。

「野生馬が逃げないようにと見張っていたら狼の遠吠えがあったよ。時間も時間だったし、そこで切り上げてしまったんだ。成果は明日、確かめに行かないか？」

「聞いたか？　ロボは早速ヒーロー活動をしてくれたぞ！」

「おおぉぉぉーっ！」

彼らの期待をあおる話を混ぜつつ、当たり障《さわ》りのない事実を伝える。

実際はもう狩りに成功していた。

ロボたちは獲物に寄ってくる鳥やコヨーテと争いながら腹を満たし、巣に持ち帰る肉は咥《くわ》えて撤収《てっしゅう》というところか。

もしかしたら死体は大部分の動物が運び去ってしまうかもしれないが、血痕《けっこん》や消化管の切れ端、頭くらいは残っていることだろう。

だからこそシートンも気持ちよく酒宴に参加し——気づけば昼が訪れていた。

「いやぁ、シートンさんも寝坊をすることがあるとは。昨日とは大違いですね」

そんなセリフをジムから向けられての起床となったのは一生の不覚だったかもしれない。

シートンは失態《しったい》を挽回《ばんかい》しようと飛び起きるのだが、これもいけなかった。頭痛に襲われ、動きはすぐ緩慢《かんまん》になってしまう。

「つい、ハメを外しすぎてしまった……。頭が痛い……」

「そういうときは蹄鉄《ていてつ》が浮くほどのコーヒーですよ！　ささ、ぐいっと！」

ジムは急ぐ気配もない。

カウボーイといえばこれだとコーヒーカップを差し出してくれる。

濃厚な香りに、いかにも重たそうな色合いは酒で弱った体には酷《こく》だ。しかし、差し出されるからには辞退するわけにもいかない。

彼に倣《なら》って飲み干《ほ》したシートンはすぐにベッドから立ち上がり、身支度《みじたく》を整えはじめた。

「おっと。そんなに急ぐんですか？」

「ええ。昨晩、ロボたちが狩りに成功していても、コヨーテなどが獲物をさらってしまうかもしれない。痕跡《こんせき》が残っているうちに動かないと」

「ははあ、なるほど。そんなこともありますか」

心配のしすぎではあるだろう。

だが、これで結果がうやむやになることこそ最悪の事態だ。

シートンは頬《ほお》をばしりと叩いて気合いを入れる。

そうして着替えなどを済ませていくうちにカフェインが効いてきた。

牧場の従業員に挨拶《あいさつ》をしながら馬を借りると、昨日の狩り現場に直行する。

「シートンさん！　馬を追い込んだのはもう少し南寄りですよ！」

ジムはそちらを指で指し示してくれる。きっと彼は土地に不慣れだから場所を間違えたと考えたのだろう。

「ああ、わかっている！　しかし昨日はこちら方面から狼の遠吠えがしたんだ。そっちから回らせてほしい！」

「なら、そっちからにしましょうか」

答えを知っている上、気持ちが逸《はや》るので多少強引になってしまった。

だが、そうした甲斐《かい》もあって答えはすぐに見えてくる。

「……おや？」

並走するジムは遠い空を見上げた。

そちらには漁港かと見紛《みまが》うくらいに鳥が集まっている。

位置と方角からして、恐らくは昨日の狩り現場だ。

「どうやら正解かもしれませんね。流石はシートンさんだ！」

「よかった。動物に痕跡がさらわれていなくてなによりです」

あれだけ鳥がいるのなら貪《むさぼ》れるだけの残骸《ざんがい》が残っているということだ。

二人は気持ちのままに馬を走らせ、現場に到着した。

そこには想像通り、馬の頭や肋骨《ろっこつ》、骨盤などの塊《かたまり》が落ちている。

恐らくコヨーテなどはすでにお目当ての肉を持ち帰ったのだろう。余りものや、肉食獣では持ち帰れない残骸に多くの鳥が群がっていた。

残骸がどんな動物のものかわからないほどの集まりだったが、二人が近づくと一斉に散っていった。

ジムは残骸の足を見つめると頷く。

「蹄鉄がないので野生馬で間違いありませんね」

「なるほど。そういう方法で見分けられましたか」

「ええ。飼い馬はよく走らせることもあって蹄《ひづめ》が削《けず》れすぎます。だから蹄鉄をつけて蹄を守ってやるんで、これは野生生まれと見て間違いないでしょう」

牧場で飼っている馬も普段は鞍《くら》などが外されて見分けがつかないと思ったが、こんな隠れたところに差があったらしい。

「……よし！　それじゃあ親方に報告しに戻りましょう！」

狙っていた結果はちゃんと出すことができた。

これでロボたちを救う手立てが増えるはずとシートンは高揚《こうよう》していた。

しかし振り返るとジムはなにやら思案顔で顎を揉んでいる。気がかりがあるのを示すように視線はシートンに向けられていた。

「なんとなく感じてはいたんですが、シートンさんはロボの捕獲を受けてここに来た割に、捕獲以外のことをしようとしていますね？」

それは何気ない感想だったかもしれない。

けれどシートンは反射的に覚悟をして向き直った。

ジムの問いに対し、思っていることを返せば終わり。そうではあるのだろうが、そうしてはいけない気がする。

（何故。何故だろう……？）

返答を熟考するようにシートンはその理由を考えた。

どうしてなのか理由を探してジムを見つめ返すが、特に見つかることもない。

（そうか。ジムさんは普通なんだ。開拓者として、このアメリカにいる普通の人間。彼をごまかしているようでは、なんの理解だって得られないのかもしれない）

シートンは気づいて向き直るものの、あまりに考える時間が長かったせいかジムは首を傾げた。

「俺はなにか変なことを聞きましたか?」

「いや、そんなことはない。ジムさんは大切なことを聞いてくれたと思う」

「単なる疑問だったんですがね……?」

あまりにも真剣に返されて彼は困惑していた。

「ジムさんが言う通り、私はロボを殺したくはないんだ」

「いやしかし、あいつは家畜を食うでしょう。牧場勤めの俺としてはそういう害獣が出ると困るんですが」

「それはわかる。だからこそ私は今回のようにどうにか間を取り持っていきたいんだ」

「ふうむ。どうしてそこまでするんです?」

「それは――」

答えようとして、シートンは言葉を詰まらせた。

これは初めてジムに会ったときの問答によく似ている。また理詰めで答えようとしたが、なにか違う気がして考え直した。

ロボと触れ合い、同じ光景を見て感じたものは本当に理詰めで語れるものだったただろうか？

シートンは思い直すように首を振る。

「私は生き物が好きなんです。たくましく生きる彼らの姿を見て感動した。だから彼らが銃や罠で殺されてほしくないと思い、知恵と努力を振り絞っています。ただし、それはこの地の人に対しても同じです」

動物のことを語るほどにジムの表情はなんとも言えないものになっていた。

それはそうだろう。

こういう話のあとは決まって、『だから彼らのために我慢《がまん》をしましょう』となる。夢を追ってきた開拓者はそういう文句を嫌うに決まっていた。

「開拓精神に溢れて気前がよく、優しさや思いやりだって見せてくれる人々だ。もし仮にこの地の人々が銃などで苦しめられたとすれば私は知恵を絞って戦います。無論、先住民も含めてね」

「なるほど。みんなの味方ってことですか」

「そうです。今回のことにしたって狼と人のための時間稼《かせ》ぎです」

「ちょっと待ってください。時間稼ぎですって？」

「野生馬も無限にはいませんし、ここから逃げることもあるでしょう。牧場だって、近隣に都合のいい野生馬がいなければ追い込むのも手間じゃないですか。いつまでも使える手とは考えていません」

「言われてみれば確かに。すごい名案が出たもんだって思ったんですが……」

「大丈夫です。次のプランは考えてあるんです」

シートンは自信の笑みだ。

そこにはとある理由が隠れている。

「こんなのはどうでしょう？　先住民と共に生きるカランポー高原の狼王と、マスタングの話を雑誌にでも載せます。そうして人々の関心を集めたあと、彼らの絵画を賞に出しましょう。博物学にでも興味がある次期大統領候補辺りが見てくれるかもしれません」

「いやいや、次期大統領候補ってそんなまさか……」

「見に来ないとは言えないでしょう？」

普通に考えればとんでもない空想だ。

しかしながらシートンはなおも続ける。

「そんな人物に出会ったら、多くを訴えましょう。今は狼もアメリカバイソンも殺す方向性の政策ばかりですが、守り、共存するための政策ができたら話は変わります。

例えば、狼に羊を食べられたときは国が補償金を出してくれたら牧場も安心だ」

　すらすらと披露《ひろう》をしてみると、到底信じられないというように苦笑を浮かべていたジムの様子が変わってきた。

「敵いませんね。シートンさんがそこまで言うのなら実現する気がしてきます。もしや未来でも知っているんですか？」

「ははは。とんでもない！　ただ、できること全てを何度だってやろう。そう決意をしているだけです。Mining the gold miners!　動物を利用しようとする人間を使うくらいでないと、我々はなにも変えられないのかもしれません」

「いいですね。とんでもないと思ったが、シートンさんは開拓者魂を持っているようだ」

　シートンは確かに一度目の人生を全うしたものの、些細《ささい》なことで変化をした未来を見てきた。

　そこからすれば自分の知る未来もあまりあてにならないものかもしれない。

　だが、この繰り返しが続くのならいつかは答えを出せるはずだ。今はもうそれを悲観してはいない。

　シートンとジムはひとしきり笑うと、馬に跨《また》がった。

「さあ、それでは輝かしい未来のために頑張るとしましょうか」

なんともクサいセリフだが、ここまで相応《ふさわ》しいものもないだろう。

シートンはロボたちの巣穴がある方向をふり返ったあと、馬を走らせるのだった。

□

それから一年後。

シートンはジムに話した〝予言〟の通りに過ごしていた。

『狼王ロボ』と『だく足のマスタング』。それらを雑誌に投稿《とうこう》した上で、本来の物語とは異なる今の話を人々に伝えた。

それは先住民と狼と野生馬と牧場をまとめて描いた物語である。

すなわち、先住民は狼を特別視し、崇《あが》め、共存しているということを。

牧場にとって、野生馬を共に駆逐《くちく》した狼は英雄であり、共に生きていける、ということを。

動物の権利なんて考えられていなかった時代だが、犬や馬のような人生の友はいる。

だからこそ共感してくれる人も多く、その反響は一度目の人生以上のものとなった。

今ならわかる。

一度目の人生を成功に導き、同時に最たる後悔にもなったのが『動物記』なら、やはりこの物語で、繰り返しの人生を変えなければならなかったのだ。

「あとは絵と未来の大統領がどうなるか……」

フィッツランドルフ農場の離れは今やシートンのアトリエとなっていた。

ロボたちと交流したことによって動物画への創作意欲が今まで以上に高まってしまったのだから仕方がない。

動物の物語と絵を描き、入ったお金は破れた服の買い直しと絵の具に消えていくばかりの生活だ。

裕福ではないが実に充実した日々を送っている。

「シートンさん！　シートンさんっ！　あんた、なにをやった⁉」

着色中の絵を前に腕を組んでいたところ、ジムの騒がしい声が聞こえてきた。

いつかもこんな風にどやされた覚えはあるが、昨今ではそんな失敗をした覚えはない。

いったい何事かと訝《いぶか》しんでドアを開ける。

「悪いが騒ぎ立てないでくれ。埃《ほこり》が絵についたらどうするんだ？」

「いや、しかしですね……。ほら、この手紙だ！　アメリカ行政委員会。でかいお役所からのお達しだろう？　なんておっかないものをもらっているんだ」

「私にも覚えがないんだが？」

狼との関係については政府が賞金ではなく、被害に対しての補償金を出せばよくなるなどという話は何度かしてきた。

そのせいで変に勘繰《かんぐ》られているのだろう。

しかしシートンは物語を出版したり、絵を賞に出したりしただけだ。少なくとも今はまだそれを大っぴらにする段階ではない。

「差出人は……？　ああ、なるほど」

「な、なんだったんです？」

「いやなに、未来の大統領からの手紙だよ」

「そんな冗談を言っている場合ですか。変なネタだったら俺は親方に報告しますよ？」

「心配いらない。彼はきっと私の絵を見ただけだろう」

悠長にペーパーナイフを取り出していると、ジムは気が急《せ》いた様子で「いいですから、早く！」と肩を叩いてくる。

開けてみると、便箋《びんせん》は二枚だ。

まず、一枚目では賞に応募した絵について絶賛されている。ひいては自分用に絵を描《か》いてほしいという依頼になっていた。

一度目の人生でも同じように複製を依頼されたのが思い出されてくる。

しかし、二枚目の存在については覚えがない。

「食事のお誘いだ。まさかそこまで気に入られるとは思わなかった」

出版した物語と絵の巧妙さ。

そのどちらもが一度目の人生に勝っていたということだろうか。

このように形として表れるとむず痒《がゆ》い気持ちに襲われる。

「は、はあ。つまり特になにもないってことですか。それにしても、なんで役所のお偉いさんなんかに好かれているんです？」

「彼は動物好きなんだよ。ただし、根っこは私と違うんだ」

「と、言いますと？」

「彼にとって自然は愛すべき資源なんだ。自然がなければ動物は生きられないし、動物がいなければハンティングもできないだろう？　あとはそうした自然で子供がキャンプ活動をすることで、規律ある軍人になる基礎を学べるとか考える人でね」

絵を縁にして出会い、交友を深めた。

しかしながら主義主張は違い、設立したボーイスカウト連盟が袂《たもと》を分かつ原因にもなったのだ。

「袂を分かつべきではなかった。彼と向きあうべき日が来たんだ」

手紙を閉じたシートンは目を閉じた。

今の生活。

今後などについて逡巡《しゅんじゅん》する。

「ジムさん、親方と少々話をさせてください。私はしばらく牧場から離れることになるかもしれません」

「急ですね⁉」

「はい。これだけはやはりどうしても外せないのです」

もう意思は決まっている。

シートンははっきりと決意を口にするのだった。

□

その日の夕暮れ、シートンは人狼化してロボたちのもとを訪れていた。

「臭《くさ》い。シートン、つまみ食い以外になにをしている？」

「ぐえっ。最近のお前、口に入れたくない。スキアシガエルより臭い……」

イエローとジャイアントはシートンが絵に気合いを入れはじめてからというもの、こんな調子だ。

構ってくれるものの嫌そうに引き気味だったり、口でガバッと覆《おお》ってから吐くような動作をしたりしている。

「すまないな、二人とも。私がしたいことだったし、必要なことだったんだ。そして、今後のためにしなければいけないことができた。だからロボに伝えたいことがある」

「父ならあそこだ」

「父ちゃんはシートンのために狩りを待ってた」

「……そうか」

群れに入ってもいい存在というだけでなく、欠《か》けてはいけないない存在と見てもらっているかのようだ。

ロボは少し高く盛り上がった起伏に座り、こちらに目を向けている。

「ロボ。今日はお別れを伝えに来た」

言葉が伝わるイエローとジャイアントはそれを聞いて驚いた様子だ。

彼らもまたこうして群れから離れ、つがいを求めて旅立つことがある。

ただしそうなればもはや家族ではなく、新たに縄張りを持つライバルのような関係性だ。もう二度と会わないこともあるだろう。

「馬は足の速さだけじゃどうにもならない！」

「馬、大きい。力じゃ敵わない！」

「二人とも、ロボやブランカの狩りを見て上達している。それに、狩り方はそれだけじゃないだろう？」

一年もあれば野生馬との駆け引きは二桁《ふたけた》以上にもなった。

狩りに成功することも失敗することもあり、状況や戦法は様々だった。群れの狼たちも多くを学んだことだろう。

しかしながらシートンがいなくなれば心許《こころもと》ないらしい。

イエローとジャイアントは先ほどまでと違い、慣れた犬のように擦り寄ってくる。

ここで絆《ほだ》されてはダメだろう。

撫《な》でて迎えもせずにいると二頭はしょげて首を下げた。

「不審な私を迎え入れてくれてありがとう。私にはどうしてもしなければいけないことができたんだ。だからここを出る。こんな化《ば》け物の身になる私にとって、これは命がけの旅になるかもしれない。だが、慣れたものだ。何度だって繰り返して、成し遂《と》げてこようと思う。……今まで世話になった」

重く渦巻《うずま》く気持ちをなんとか言葉にする。

潤《うる》む目頭を堪《こら》えるようにしたら自然と首を垂《こうべ》れ《た》るような格好になっていた。

すると、砂を踏む音が聞こえた。

見ればロボがこちらに歩いてきている。

そして、べろりと顔を——鼻に刻まれた勲章《くんしょう》を舐め上げられた。

それだけが別れの挨拶《あいさつ》らしい。

「はは、そうか。……わかった。お前にもらったこの勲章は大事にするよ」

ロボがそのような意味を込めたのかは知る由もない。

だが、シートンは笑顔で受け入れた。

これにてお別れだ。

ロボは遠吠えを上げ、狩りの時間だと群れに呼びかける。

先導する彼にブランカが続き、イエローとジャイアントは何度もこちらを振り返りながら歩いていった。

彼らを見送ったあと、シートンは牧場への帰路につこうとしていた。

そのとき。

アオ、アオ、アオォーン！　と、いつもよりも高めの遠吠えが背後で連鎖した。

それはまるで一度目の人生でブランカを失ったロボが上げた遠吠えのようである。

そこに籠《こ》められたものは、哀切《あいせつ》、惜別《せきべつ》、傷心――。

「こんなもの、君たちを殺した私がもらえる餞別《せんべつ》じゃないだろうにっ……」

一度は堪えたが、比ではないくらいに目頭が熱くなる。

誰も見てはいないのだ。はばかるものでもない。

シートンは歩きながらむせび泣いたのだった。

エピローグ

アーネスト・トンプソン・シートンと、セオドア・ルーズベルト。

一度目の人生では袂《たもと》を分かった間柄《あいだがら》だ。

場合によっては終生わかりあえないかもしれないくらいにはシートンも考えていた。

しかし友人として多くを語らい、意見を交《まじ》えて約二年。意外にも確かな変化の兆《きざ》しを摑《つか》めていた。

「彼が海軍士官としてキューバで小隊を率《ひき》いて奮戦したり、ニューヨーク州知事や副大統領、大統領の座を体験していない段階だったりしたからこそ、私の話に耳を傾けやすかったんだろうか」

成功体験で性格が裏打ちされていくというのはあるだろう。

自然に対する考えで彼を根負けさせることも増えてきたシートンは、久方ぶりにカランポー高原の地に戻っていた。

「乾燥した空気と湿った空気が混ざりあうこの感じ、久しぶりだな……」

夏の暑い照り返しを堪《こら》えているとき、木がうっそうと茂《しげ》った山を通り過ぎると冷ややかで湿った空気を感じることがある。

カランポー高原を吹き抜ける風にはそれに似たものを感じる。

「さて。ロボたちのニオイは探せるだろうか」

長旅で凝《こ》った体を伸ばし、深呼吸をする。それから人狼《じんろう》である自分を思い描けばすぐに姿は変わりはじめた。

この二年、大都会ニューヨークで人狼であることを隠し続けたのだ。

人狼化と精神制御に関しては今までの比でないほど熟達している。

「……この方位。このニオイ。まさか？」

まずは記憶にあった巣穴から探し、その近くに移住していないか、しらみつぶしをしていく予定だった。

しかしながら捉《とら》えたそのニオイに目を見開いたシートンは即座に駆け出していた。

狼《おおかみ》の野生での寿命《じゅみょう》は六年前後だ。

二年なんて歳月が経過していればどうなるかは想像に難《かた》くない。

だというのに、人狼の鼻は想像を裏切る事実を伝えてくる。

「ロボ。お前はまだ生きているのか⁉」

荒野と草原を越え、涸《か》れ川のある峡谷《きょうこく》を抜けて懐《なつ》かしの巣穴に辿《たど》り着く。

そこには二十頭ほどの狼がいた。

まばらに散らばって戯《たわむ》れていたはずの狼たちは突然の乱入者に気づいて身構え、歯を剝《む》きはじめる。

そんななか、全体を見渡せる起伏の上には唯一《ゆいいつ》リラックスしている狼がいた。

まさか再び会うことができるとは思わなかった。

シートンは感動で震えながら、一歩ずつ前に進み出る。

「うっ……？」

そのとき違和感が体を走り抜けた。

それはまるで電撃のような痺《しび》れだ。

一体なんだったのかと疑問を挟む間もなく体の力が抜けはじめる。

普段、人に戻る際の喪失感《そうしつかん》をまとめて味わったかのようだ。

全身を覆《おお》っていた人狼の体毛は一斉に抜け落ちるとすぐに崩れ、光の粒子《りゅうし》となって吹き飛んでいく。

こんな現象は今までに一度も味わったことがない。

「これ、は……。私は、許されたのか……？」

神かなにかが与えた課題をこなしたのだろうか。

感無量だ。

繰り返しの人生に驚き、喜び、戸惑《とまど》い、死の病まで招いて大きな失敗も体験した。それでも打ちひしがれずにやって来て達成したものがあったのだ。そう思うだけで体は打ち震えてしまう。

全身が人に戻り、鋭かった鉤爪《かぎづめ》まで消え失《う》せた。

「ロボ、私はついに――！」

喜色満面で彼を見上げようとして、シートンは気付いた。

ロボは特に友好を示していない。

起伏から下り、静かに歩み寄ってきている。

群れの狼たちは牙《きば》を剥いて唸《うな》り、包囲しようとしていた。

かつての親しさとの落差に呆《ほう》けてしまったが、シートンはすぐに納得した。

ここにいるのは、ただの人間だ。

「……ああ、そうか。そうだな。これが正しい。私はお前とブランカを死なせた。ならばやり直して最後にお前たちに食われる。それでようやくお相子《あいこ》じゃないか」

不思議と恐怖はない。

達成感のままに果《は》てるのも悪くはないだろう。

幸い、ロボたちの狩りは抵抗しなければ無駄な傷は増えない。首筋に噛《か》みつかれてすぐに失神か、悪くても窒息《ちっそく》するだけだ。

全身に噛みつかれ、引き裂《さ》かれる痛みを味わうことはない。

「……さあ、来てくれ。狼王、最後の仕上げだ」

再会の喜びを示し、シートンは腕を広げて待つ。

すると間を置くことなくロボは飛びついてきた。

勢いのままに倒されたシートンは目の前に開いた大口を前に目を閉じる。


そして、ガリッと音がした。

「痛っ⁉」

焼けるような痛みが鼻に襲いかかった。

目を開けるとロボは両肩に前足を置いたまま見下ろしてきている。

鼻……。

そうだ、鼻だけが痛い。

「勲章……?」

まるで別れ際の呟きになぞらえたかのようだ。

敏感な鼻からの痛覚はすぐ涙腺に到達し、とめどなく涙を溢れさせる。

おまけにロボはまた開けた大口でシートンの顔を包み込んだ。ジャイアントがよく

おこなう仕草の本家本元というところか。

「なんて生臭いんだ……」

こんなものを味わえるのは世界でただ一人だけだろう。

勲章といい、今日の狼王は多くを下賜してくれる。

歓迎はそれにとどまらない。ばらけていた狼のうち何頭かが飛びついてきて、手足

に軽く噛みついてきた。

「グルルルゥッ!」

タオルを奪われまいと怒る犬に近い。

本気じみた唸りを上げて顔を左右に振っている。

『あまりにも遅い。私たちは怒っている』

そんな意思表示だろうか。

「ああ。ああ……。ブランカ。イエロー。ジャイアント。遅くなって悪かった。私は

ようやく帰ってきた」

彼らに囲まれながら、シートンは万感の思いで呟く。

人狼として終わりなく人生を繰り返してきたアーネスト・トンプソン・シートンは

この日、ようやく許された。

人である狼はいなくなった。

しかしながら一つだけ変わらないものがある。

狼である人には、狼王の群れのなかに居場所が残っていた。

その日、夕刻のカランポー高原には特異な声色の遠吠《とおぼ》えが混ざっていたという。

あ 34-1

転生《てんせい》シートン動物記《どうぶつき》 狼王《おおかみおう》ロボ

著者 蒼空《あおぞら》チョコ

2022年5月28日第一刷発行

発行者 角川春樹

発行所 株式会社角川春樹事務所
〒102-0074 東京都千代田区九段南2-1-30イタリア文化会館

電話 03(3263)5247(編集)
03(3263)5881(営業)

印刷·製本 中央精版印刷株式会社

フォーマットデザイン bookwall

ISBN978-4-7584-4489-7 ©2022 Aozora Choco Printed in Japan

http://www.kadokawaharuki.co.jp/[営業]
fanmail@kadokawaharuki.co.jp[編集] ご意見·ご感想をお寄せください。